あの日の親子丼

食堂のおばちゃん❻

山口恵以子

ハルキ文庫

角川春樹事務所

目次

あの日の親子丼

食堂のおばちゃん6

第一話——新年の鯖サンド

平成の最後を飾る記念すべき二〇一九年――。

この年、はじめ食堂の仕事始めは一月七日の月曜日となった。折しも七草がゆの当日である。もちろん、はじめ食堂では毎年サービスで七草がゆを出す。

スーパーに行けば〝七草がゆセット〟を売っているご時世だが、七草がゆを炊く家庭は年々少なくなる。だからこのサービスは大好評だった。

新年の幕開けのランチタイム、やって来たご常連のＯＬたちは湯気の立つ七草がゆを前に、口々に言った。

「ああ、これ見ると、ついに正月も終ったって気がする」

「これからはいよいよ、春に向けてダイエットの始まりよ」

「おばちゃん、私、ご飯いらない。七草がゆにして」

「私も」

ご飯用の丼《どんぶり》に七草がゆをよそいながら、二三《ふみ》も心に誓う。

そうよ。私も明日からダイエットしなくちゃ！

万里《ばんり》は隣で焼き魚定食をセットしながら、二三の心を見透かしたようにニヤニヤしている。

「なあに、その顔？」

「おばちゃん、明日からダイエットしようって思ってんでしょ」

「当たり！」

「無理、無理」

今度は本日の日替わり、牛スジ麻婆《マーボー》の皿をセットすると、したり顔で答えた。

「明日からダイエットって思って、今日目一杯喰《く》うでしょ。そんで明日になると、また明日からって思って、目一杯喰うでしょ。つまり、永遠に明日は来ないんだよ」

「当たり！」

味噌汁《みそしる》の椀《わん》をセットした一子《いちこ》が威勢良く言い切ったので、店内は笑いに包まれた。

「フン、だ。今に見ていろ。私は今年から『きくち体操』始めるんだから」

「何、それ？」

「知らないの？　遅れてるなあ。奇跡《きせき》の八十四歳、菊池和子《きくちかずこ》先生が考案した体操で、今、評判なんだから。菊池先生、未《いま》だにレオタード姿よ。私も頑張って、せめて短パン目指すわ」

負け惜しみを言いながら、二三も苦笑いを漏らした。この十数年、何度ダイエットの誓いを立てては、挫折《ざせつ》したことだろう。

最近では娘の要《かなめ》のみならず、万里にまで〝オオカミ少年〟ならぬ〝オオカミ中年〟とバカにされる始末だった。

「ふみちゃんは別に太ってないじゃない。ダイエットなんかすることないと思うけど」

一子はいつもそう言ってくれる。しかし、大東《だいとう》デパートで婦人服のバイヤーとして活躍していた二三は、自分が中年ぽっちゃり体型に移行しているのを痛感していた。体重はあまり変らなくても、体型が変ってきた。早い話、下半身が太ってきたのだ。

「しょうがないわよ。新陳代謝が落ちてきてるもん。普通にしてれば太るわよね」

焼き魚の身をほぐしながら、野田梓《のだあずさ》が浮かない顔でぼやいた。

「去年の暮れに、意を決して近所のスポーツジムに入ったわ。まだ結果は出てないけど、やらないよりはマシだもん」

「僕も、昔は腹一杯食べてもお腹《なか》が出るなんてことはなかったのに、中年になったら、妊婦さんみたいになって、愕然《がくぜん》としましたよ」

本日の日替わりのもう一品、サーモンフライに手作り絶品タルタルソースを載せて、三《み》原茂之《はらしげゆき》も天を仰いだ。

二人とも「縁起物だから」と、ご飯でなく七草がゆを選んだ。

本日のはじめ食堂のランチメニューは、焼き魚が文化鯖《さば》、煮魚が赤魚、日替わりが牛スジ麻婆とサーモンフライで、ワンコインメニューは餡《あん》かけ卵とじうどん。それ以外に定番のトンカツ定食と海老《えび》フライ定食がある。小鉢は春菊のナムル、高野豆腐と干椎茸《ほししいたけ》の含め煮。味噌汁は豆腐とワカメ。漬物は白菜漬け。ご飯と味噌汁、そしてサービスの七草がゆはお代わり自由だ。

これで海老フライが千円、他の定食は七百円。安くはないが、高いと言われないように、日々努力を重ねている。

「皆さん、苦労してるのねえ。あたしは昔からほとんど体型が変らないのよ。年を取るにつれて食べる量が少し減ったから、その分いくらか細くはなったけど」

「お姑《かあ》さんは、特別よ。体型も顔も、ずっと変んないもん」

二三が言えば、梓も大いに同調した。

「そうそう。美人って骨格がきれいだから、子供の頃《ころ》から死ぬまで美人なのよね。暮れに文壇のパーティーで佐藤愛子《さとうあいこ》さんをお見かけしたけど、あんまりおきれいなんでビックリしたわ。九十五歳とか関係なく、普通に美人なのよ。世の中、不公平よね」

梓が溜息《ためいき》を吐《つ》いたので、二三もつられてホウッと息を吐いた。それを見て、梓がクスリと笑った。

「やだ、野田ちゃん、何考えてんのよ」

「ふみちゃんと同じこと」

二人が同時に「あ～ああ　やんなっちゃった」と懐かしの牧伸二《まきしんじ》の「やんなっちゃった節」を歌い出したところで、ガラス戸が開いた。

「こんにちは。良いですか？」

ガラス戸から顔を覗《のぞ》かせた少女を見て、万里がカウンターから伸び上がった。

「おう、はなじゃん。明けましておめでとう」

「おめでとう」

桃田《ももた》はなは店の中に身体《からだ》を入れ、二三と一子にも頭を下げた。

「明けましておめでとうございます」

「おめでとうございます。ようこそいらっしゃい」

「どうぞ、お好きな席に掛けてちょうだい」

二三も一子もいそいそと席を勧めた。

万里はチラリと壁の時計に目を遣《や》った。

「もうすぐ友達が三人来るから、お前も一緒に賄《まかな》い食べない？　残り物全部、バイキングで出してんだ」

「ふうん。面白そうだね。そんじゃ、待ってるよ」

はなは行儀良く隅のテーブルに腰掛けた。二三はすぐにほうじ茶を持っていった。

三原と梓は食事を終え、席を立った。二三と一子から万里の風変わりなＧＦ《ガールフレンド》（？）の話は聞いていたので、帰りしな、こっそり目顔で「あの子？」と尋ね、二三と一子が大きく頷《うなず》くと、納得顔で店を後にした。

二人が出ていって五分もしないうちに、メイ・モニカ・ジョリーンのニューハーフ三人組が現れた。

「こんにちは！」

「新年初のランチタイム、待ち遠しかったわ！」

「今日の日替わりは牛スジ麻婆ですって？　ラッキー！」

三人とも正月の三日に一《にのまえ》家に遊びに来ているので、新年の挨拶《あいさつ》はすでに済ませてある。にぎやかに第一声を発したところで、隅のテーブルにいるはなに気が付き、ハッとして口を閉じた。騒がしくて一般のお客さんの迷惑になったのではないかと気を回したのだ。

万里がすぐさまカウンターから出て、はなと三人の間に進んだ。

「紹介するよ。この人、桃田はな。デザイナーの卵。こっちは俺の同級生の青木《あおき》メイ、その友達のモニカとジョリーン」

はなは三人の方に向き直ると、特に珍しがる風もなく、立ち上がって右手を差し出した。

「桃田はなです。もうすぐヒヨコになります。どうぞよろしく」

メイ、モニカ、ジョリーンも、次々にはなの手を取って握手した。

「万里君から聞いたわ。頑張ってね」

「早くデビューできると良いわね」

「人生チャレンジ、お気張りやす」

挨拶が終ると、三人はカウンターの中から料理を運び出し、テーブルに並べ始めた。勝手知ったる友達の店、である。

「はなちゃん、何食べる？」

メイが振り返り、目の前を通り過ぎる料理を眺めているはなに尋ねた。

「なんか、みんな美味《おい》しそうだね」

「当た〜り〜」

万里が皿に料理を盛り付けながらニンマリした。

「全部盛りにしてやるよ。美味《うま》かったらお代わりで」

「うん！」

元気よく答えると、配膳《はいぜん》の手伝いに参加した。

「はなちゃんは気働きがあるわね」

二三が感心して褒《ほ》めると、はなはキョトンとした。

「なに、それ？」

若者が昔ながらの言葉を知らないのは万里と要で慣れっこになっているので、二三は今更ガッカリしない。

「機転がきくってこと。状況判断が的確で対応力があるって言う方が分りやすいかな」

「私、なんか、すごい褒められてるみたい」

「褒めてるわよ」

「うれし〜！　ありがとう、おばさん」

はなは満面の笑みを浮かべ、チラリと万里を見て、ぐいと親指を突き立てた。

「はなちゃんもこっちで食べたいでしょ」

二三は四人用のテーブルに椅子《いす》を一つ足した。

「ありがと。おばさんも気働きあるよね」

二三は思わず一子と顔を見合わせ、苦笑を漏らした。はなは相手が年上でも、自分のペースに引き込む不思議なパワーがあるらしい。

若者五人は同じテーブルでにぎやかな昼食となった。

「ああ、この鯖、美味い！　やっぱ、業務用のグリルで焼くと違うよね」

はなは文化鯖をひと口食べて、感嘆の声を上げた。

「でも、万里ってホント、気の毒だよね。魚、全然食べらんないんだもん」

「あたしたちもそう言うんだけど、カエルの面にションベンよ。海老蟹《かに》ホタテウニイクラ、高い物全部食べられるから良いんだって」

「そうだよ。ザマミロ」

「でも、日本人に生まれて鯖が食べらんないなんて……」

途中まで言いかけて、はなは何か思い出したようにパチンと指を鳴らした。

「そう言えば、おばさん、この店は鯖サンド、出さないの？」

「鯖サンド？」

突然の話題転換に、二三と一子はついて行けずに問い返した。

「うん。隣の月島《つきしま》の『めし屋』って居酒屋で出してんの。雑誌にも結構載ってるよ」

めし屋は月島駅から徒歩三十秒の近さにあり、新鮮な魚介類が安くて美味しいと評判の居酒屋だが、夜のメニューで出している鯖サンドも大人気で、何度もメディアに取り上げられている。

「あたしたち、はじめ食堂にお邪魔する前は、この辺は来たことなかったのよねえ」

三人を代表してジョリーンが言えば、二三と一子も口を揃《そろ》えた。

「私たちもご近所の同業の店は、行かないわねえ」

「俺《おれ》、魚介が売りの店って言うだけで、結構パスする方」

「な〜んだ、ガッカリ」

はなは残念そうに、文化鯖の最後の一切れを口に放《ほう》り込んだ。

二三は首を傾《かし》げた。

「でも、鯖と言えばしめ鯖とか塩焼きとか味噌煮とか……ご飯と合うイメージなんだけど」

「はなちゃん、それ、美味しいの？」

はなは得意そうに頷いた。

「これが絶品！　食べてみないと分んないよ」

「そんじゃ、俺は一生分んないなあ」

「私、聞いたことある。元はトルコ料理でしょ？」

メイが言うと、はなは「ピンポーン！」と答えた。

「でも、今は日本全国でポピュラーだよ。ネット検索すれば情報が山のように出てくるもん」

「それじゃ一度、作ってみようかなあ」

「絶対お勧め。病みつきになるよ」

すると万里が冷やかした。

「おばちゃん、やめといた方が良いんじゃない？　鯖は脂乗ってて高カロリーだよ」

二三が「そうか」とガックリ肩を落とすと、はなは怪訝《けげん》な顔をした。

「どうしてダメなの？　美味しいのに」

「おばちゃん、明日からダイエットするんだよ」

「おばさん、別に太ってないじゃん」

「見えないとこに肉がついてるのよ」

二三は浮かない顔で言った。

「見えないなら、無いのと同じだよ」

「ありがとう、はなちゃん。でもねえ、身体に嘘《うそ》は吐けないのよ。昔の服が着られないんだもん」

はなはますます怪訝な顔になった。

「その服着られないと、生活が困るの？」

「いや、そういうわけじゃないけど……やっぱり着たいじゃない、せっかく買ったんだから」

「そんな消極的な理由じゃ、ダメだと思うよ」

はなはきっぱりと言い切った。

「ダイエットに成功した人って、ライザップのCMに起用されたとか、結婚式とか、ミスコンのオーディションとか、ものすごいモチベーションがあるんだよ」

はなの言葉に、一子も万里もニューハーフ三人も、思わず納得してしまった。

「おばちゃん、結婚の予定とか、ある？」

またしても万里が茶々を入れた。

「あるわけない……そうだ！　春に還暦同窓会が三回あるわ。小・中・高と」

「初恋の人とか来るの？」

はなが真面目《まじめ》な顔で訊《き》いた。

「ない、ない。私の初恋、他校生だったから」

「そんじゃ難しいよ。どうせみんな自分と似たり寄ったりだからとか、言い訳、いくらでも作れるじゃん」

「はなちゃんて、すごいねえ」

二三はほとほと感心してしまった。なるほど、確かに付き合いの続いている同級生は、みんな自分と似たり寄ったりのおばちゃんになっている。今更見栄《みえ》を張っても仕方ないという気持ちが大勢を占めて、ダイエットは挫折を繰り返してきた。

「ダイエットするより、今の自分を美しく見せる服を探した方が有効だと思うよ」

そしてはなはニヤリと笑った。

「良かったら、私がデザインして作ってあげるよ」

一同はあんぐりと口を開け、次の瞬間、笑いが弾《はじ》けた。

「で、どうすんの、鯖サンド？」

今年も例年通り、夜の営業の口開けの客となった辰浪康平《たつなみこうへい》が尋ねた。お通しのジャーマンポテトを肴《さかな》に生ビールの小ジョッキを傾けながら、今日のお勧め料理のチェックに余念がない。

「試しに作って食べてみようと思うけど、店で出すのはねえ……」

二三はカウンターの隅に腰を下ろしている一子に目顔で問うた。

「ご近所のお店の人気メニューだって言うし。真似《まね》するのは仁義に外れるからね」

「残念だなあ。俺も一度食べたかった」

「それじゃ、めし屋さんで食べてくれれば良いじゃない」

「それこそ仁義に外れるよ。うちは祖父《じい》さんの代からはじめ食堂の常連なんだから」

一子は優しく微笑《ほほえ》んだ。

「ありがとう、康ちゃん。でも、そんなに気を遣《つか》ってくれなくて良いのよ。うちは常連さんに飽きられるのが一番怖いの。だから、たまには他のお店に行って、違う味も楽しんできてね」

万里がカウンターから身を乗り出した。

「やっぱ、おばちゃんは良いこと言うよね、康平さん?」

「その通り!」

そして本日のお勧めメニューに目を落とした。

「ええと……ホウレン草の白和《しらあ》え、あん肝《きも》野菜スティック、カブとベーコンのクリーム煮。ねえ、この、鱈《たら》のみぞれ煮って何？」

「鱈の煮物に大根おろしを入れたの。大根おろしを霙《みぞれ》に擬《なぞら》えたネーミングがキモね」

二三が説明した。見た目も美しく高級感が漂うが、作り方は至ってシンプルなのが嬉《うれ》しい。

「じゃ、みぞれ煮も。シメは七草がゆね」

そして石鎚《いしづち》の純米吟醸を注文した。

「甲殻類や白身魚と合わせると相性抜群なんだよ。俺が帰った後で菊川《きくかわ》先生が見えたら、勧めといて」

「そう言えば康平さん、今日の注文、野菜・肉・魚のバランスが絶妙だね。菊川先生の影響かな？」

「そうだなあ。先生いつも『野菜、野菜』って言うから、いつの間にか伝染したのかも」

そこへ、やはり父の代からのご常連山手政夫《やまてまさお》と、山手の誘いで今や立派なご常連となった後藤輝明《ごとうてるあき》が入ってきた。

「いらっしゃい」

「おう」

二人ともご近所なので、新年の挨拶はすでに済ませてある。

「ええと……今日のお勧め全部と、卵は何だ？」

「おじさん、最近ますます注文が長嶋化《ながしまか》してるね」

万里はからかいつつも内心は喜んでいる。自慢料理を注文してもらって、喜ばない料理人はいないだろう。

「豚肉とキクラゲの卵炒《いた》めなんかどう？　新作だよ」

「よし、それくれ！」

山手は創業八十年を誇る魚政《うおまさ》の大旦那《おおだんな》だが、実は卵が一番好きな食べ物だ。はじめ食堂で卵料理を注文しなかったことは一度もない。

万里はフライパンでサラダ油を熱し、割りほぐした卵を入れると、フワリとした半熟状に炒めて皿に移した。同じフライパンで豚コマと長ネギを炒め、火が通ったら水で戻したキクラゲを入れて更に炒め、卵も加えてざっくり混ぜ合わせる。味付けは醬油《しょうゆ》とオイスターソース、仕上げにゴマ油を少し垂らして出来上がり。

「中華の定番だけどさ、定番ってことは、美味いわけだし」

万里は山手の前に湯気の立つ皿を置いた。

「うん、これも乙な味だ」

「キクラゲの歯応《はごた》えが良いな。コリコリして」

山手と後藤は早速箸《はし》を伸ばし、舌鼓を打った。

「これではじめ食堂の中華風卵炒めは三種類になったわけか。ニラ玉、海老と長ネギ、豚肉とキクラゲ」

料理を横目で見ながら、康平は指を折った。

「フレンチもアメリカンも、まだまだ開発するよ。おじさんがビックリするような料理を目指してさ」

万里の頼もしい発言に、二三と一子が目を細めたのは言うまでもない。

「はい、本日のお勧め、鰤のみぞれ煮です」

二三がみぞれ煮の皿を二つ運び、それぞれ康平と山手・後藤コンビの前に置いた。

「ああ、出汁《だし》が美味い……」

木のスプーンで葛餡《くずあん》を口に入れた康平が、うっとりと目を細めた。新年初の営業日なので、気合いを入れて昆布と鰹節《かつおぶし》で取った一番出汁である。吸い口の柚子《ゆず》が爽《さわ》やかに香っている。

「この鰤、一度揚げた？」

「うん。鰤って淡泊だからね。一度素揚げしてからの方が、こくが出ると思って」

「いや、大正解。美味い、美味い」
二三、一子、万里の三人は互いの顔を見交わし、控えめにガッツポーズを取った。
今年もまた、はじめ食堂は幸先の良いスタートを切る事が出来た。この調子で一年間やって行こう！

……そんな気持ちを込めて。

「ねえねえ、お母さん。ハニームーンって知ってる？」

九時を回って店を閉めようかという時間に帰宅するなり、「ただいま」に続けて要は言った。

「新婚旅行でしょ」

「ちゃう、ちゃう。パン屋さん。月島に新しく出来たの」

「月島のどこ？」

「西仲《にしなか》通りの路地」

西仲通りは清澄《きよすみ》通りと並行して、月島を北東から南西に走る道路で、今では「もんじゃストリート」と呼ばれている。

「じゃあ、知らない。あっちはあんまり行かないもん」

「そのパン屋がどうかした？」

フライパンを振りながら万里が訊いた。

「うちで出してる女性誌が来月号でパン特集やるんだけど、その店が入ってるんだって。編集部の子に『お宅の近所ですよね？』って言われちゃってさ……あ、これ、新作ね」

要は出来立ての豚肉とキクラゲの卵炒めに箸を伸ばした。

「私、近所で買物しないから全然知らないんだけど、せっかく地元の店が雑誌に載るなら、応援してあげようと思ってさ。ねえ、お母さん、今度ハニームーンのパン買ってきてよ。一度も食べたことないじゃや、カッコつかないし」

しゃべりながらすでに三分の一ほどを胃袋に収めてしまった。

「万里、これ、美味いね。ご飯が進むよ」

「だろ？　こっちも絶品だぞ」

万里は得意げに胸を反らせ、カブとベーコンのクリーム煮を小鉢に盛り付けた。

「ホント！　ホワイトソースがクリーミ～♡」

要が万里をおだてている間に、二三と一子は鱈のみぞれ煮を食べ始めた。

「やっぱり、揚げたのは正解だったわね、お姑さん」

「揚げて煮ると何でも美味しいもの。揚げ出し豆腐、ナスの揚げ浸《びた》し、子芋の揚げ煮……」

「カツ煮も」

一子がふと思い付いたように箸を止めた。

「そう言えば、近頃はパン屋さんが増えたねえ」

「自分とこで焼くパン屋さんね。いわゆるベーカリー」

二三も記憶をたぐり寄せた。

「平成になってからじゃない？　次々自家製パン屋さんが開店するようになったのは」

「昔は仕入れたパンを並べて売ってるだけの店が多かったけど」

「最近は町内に一軒か二軒は、自家製パン屋さんがあるみたいよ」

「その代り、お豆腐屋さんが減ったね。昔は町内に一軒か二軒はあったもんだけど、今じゃさっぱり見かけなくなった」

「平成生まれにとっては、昔のお豆腐屋さんがパン屋さんなのかしらねえ」

「その平成ももうすぐ終るんだから……」

時の経《た》つのは早いものだと、一子は心の中で独りごちた。

同じ感慨を覚えた二三も、しみじみと言った。

「お祖父さんやお祖母《ばあ》さんが明治大正昭和と、三つの時代を生きたなんてすごいと思ったけど、私たちもそうなるのね。昭和と平成とその次と」

一子はニッコリ微笑んで頷いた。

「ふみちゃん、明日、そのパン屋さんに行ってみよう」

「そうね。ご近所だし」

冷え込みの深まった冬の夜、空は雲も無く黒く冴《さ》え渡り、星がきらめいて見えた。

翌日、ランチタイムの営業を終えて休憩に入ったところで、二三と一子は月島へ足を延ばした。

佃仲《つくだなか》通りが月島へ入ると西仲通りと名称が変わり、にわかにもんじゃ焼きの店が多くなる。地方から修学旅行で来た中学生たちの姿もよく見かける。

「どうしてもんじゃが人気になったのかねえ」

「今のもんじゃはもんじゃじゃないのよ、お姑さん。明太子《めんたいこ》やカルビやチーズが入ってるもんじゃなんか、絶対もんじゃじゃないわ」

駄菓子屋が冬になると子供相手に十円、二十円で商っていた時代を知っている二人には、大の大人がもんじゃを食べる気が知れない。

「小麦粉ケチって水みたいに薄くしたんだから、そもそも貧乏な食べ物なのよ。『キャベツで土手を作って』なんて言うけど、昔のもんじゃは土手が作れるほど具が入ってなかったわよ」

ひとしきりもんじゃ焼きをけなして盛り上がっていると、件《くだん》の店に到着した。

ハニームーンはもんじゃストリートを二百メートルほど進んだところで右に曲がった路地の中程にある、間口二間の小さな店だった。しかし、店の前には買い物客が短い列を作っていた。

「すごいわね。行列の出来る店よ」

二三は一子の耳元に囁《ささや》いた。

焼きたてのパンの香りが漂う店内に入ると、極めて簡素な作りで、売っているのは食パンとコッペパンだけだった。パンを並べた台の上に、次の焼き上がり時間を書いたカードが立ててある。

店に隣接するパン工房との境には暖簾《のれん》が垂れていた。

レジカウンターの中には金属製の四角い容器が並んでいて、それぞれ「マーガリン」「苺《いちご》ジャム」「ピーナッツバター」「チョコレート」と表示されていた。どうやら注文するとコッペパンに塗ってくれるらしい。

「懐かしいねえ」

一子が呟《つぶや》いた。

二三も同感だった。子供の頃、近所のパン屋にはこういうサービスがあったものだ。当時のパンは今と比べたらお粗末だったはずだが、おやつに買ってもらったジャムとマーガリンをダブルで塗ったコッペパンの味は、未だに忘れられない。

二人は食パン一斤とコッペパンを四個選び、コッペパンには一種類ずつ、四つのスプレッドを塗ってもらった。

レジカウンターには若い女性が二人立っていた。一人が会計係で、もう一人は客の注文に応じてコッペパンに切れ目を入れ、スプレッドを塗っている。手慣れているのか、作業は素早く正確だった。三十手前くらいだろうか、化粧気はないが、透き通るような白い肌に切れ長の一重まぶたで、雛《ひな》人形を思わせる美人だった。

会計の途中で、コッペパンを載せた籠《かご》を抱えた若い男性が暖簾を分けて入ってきた。白衣を着て頭をすっぽり覆う白いキャップをかぶっているが、背の高い涼やかな好青年だった。切れ長の一重まぶたはレジカウンターの女性とよく似ている。二人並ぶと「お内裏《だいり》様とお雛様」になるかも知れない。

空になった陳列台に籠を置くと、お客さんに「いらっしゃいませ」と挨拶してすぐに工房へ引き返した。

「今の人がお店のご主人?」

手早くパンを包装している女性に訊くと、切れ長の目がキラリと光った。

「弟です。姉弟《きょうだい》で始めました」

「まあ、そうなの。お若いのにご立派だわ」

「また寄らせてもらいますよ」

「ありがとうございました」

店を出てはじめ食堂に帰る道すがら、二三と一子の話題は自然と姉弟のパン屋のことになった。

「もっと今風にケーキみたいなパンを売ってる店かと思ったら、案外だったわね」

「それに安いわよ、お姑さん。コッペパン八十円、食パン二百十円よ！」

コッペパンにスプレッドを塗ると百円になるが、近頃の洒落《しゃれ》たパン屋はサンドイッチで五百円は当たり前である。それを考えたらまことに良心的だ。

「お客さんは入ってたけど、これからも繁盛が続くと良いわね」

「食パンとコッペパンだけで勝負してるんだから、自信があるのよ、きっと」

二人とも買ってきたコッペパンは要が帰ってから、万里と四人で夜食に食べるつもりでいたのだが、家に帰るとどうにも気になって仕方がない。

「せっかくの焼きたてだもん。今のうちに食べちゃいましょうよ」

「それもそうね」

というわけで、マーガリンと苺ジャムのコッペパンは、二三と一子のおやつになった。

その味は、さすがに二品だけで勝負しているだけあって、一口嚙《か》めばフンワリした食感、豊かな小麦の香りが鼻に抜け、ほのかな甘味となめらかな舌触りがパンに塗ったスプレッドと混ざり合い、口の中に溶けていった。

「美味しいわね、これ」

「ホント。何だか、すごく贅沢《ぜいたく》な感じがする」

二人ともあっという間に一本を平らげてしまった。やや小ぶりではあったが、昼ご飯を食べた後なのにすんなり腹に収まってしまう。

「やっぱり、甘い物は別腹だわ」

二三と一子はどちらからともなく呟き、頷き合った。


翌日の夜、菊川瑠美《るみ》がはじめ食堂にやって来た。

「明けましておめでとうございます！」

先に来てカウンターに陣取っていた康平と山手、後藤が一斉に振り返った。

「明けましておめでとうございます」

「先生、今日が新年初来店ですか」

「昨日、第一回目の新年会だったの。お陰で午前様よ」

瑠美はコートを脱いで壁に掛け、カウンターに腰を下ろした。

「一回目ってことは、これから続くわけですか？」

「最低五回は。ま、こっちも嫌いじゃないから……ええと、苺のフローズンサワー下さい！」

注文しながらも、瑠美の目は本日のお勧めメニューに吸い寄せられている。

「ええと、ふろふき大根、春菊のナムル、豚肉とキクラゲの卵炒め……えっ、スンドゥブがあるの？」

瑠美は顔を上げてカウンター越しに二三を見た。

「冒険してみたんです。うち、韓国料理やってなかったから」

切っ掛けはスーパーなどでよく売っている「レンジでチンする豆乳入り豆腐」だった。付属のタレは和風、中華風、韓国風と何種類かあるが、二三はスンドゥブ風のパッケージを見て閃《ひらめ》いた。

「韓国風の小鍋立《こなべだ》てやってみようって」

「私、大好き。スンドゥブ一丁ね！」

スンドゥブ（純豆腐）とは簡単に言えば韓国のおぼろ豆腐だが、鍋の材料に使われることが多いので、今ではチゲ（鍋）を付けなくてもスンドゥブだけで韓国風豆腐鍋を指すようになった。土鍋にアサリやシジミ等の貝類を敷き、豆腐と肉、野菜をスープで煮て辛み調味料で味付けし、仕上げに生卵を落とす。

「うちではお豆腐と白菜と豚肉で、シンプルにしました」

「大歓迎よ。小鍋立てなら一人でも食べられるし」

康平と山手もスンドゥブを注文していたので、先に出来上がった鍋が運ばれた。

「あら、良い香り。美味しそう」

「先生、スンドゥブには遊穂《ゆうほ》ですよ。麻婆豆腐始め、ピリ辛料理に抜群に合います。酢豚や鶏《とり》カラともバッチリです」

「それじゃ、私も次は遊穂でお願いします！」

遊穂は今日のスンドゥブに合わせて、康平が取り急ぎ実家の辰浪酒店から持ってきたのである。

「そうそう、先生、鯖サンドって食べたことありますか？」
豚肉とキクラゲの卵炒めを作りながら万里が尋ねた。

「あるわよ。昔トルコに旅行したとき、イスタンブールのエミノニュって港で食べたのが最初。自分の家でも作るし、去年はめし屋さんで食べたわ」
一同、興味津々で鯖サンド情報に耳を傾けた。

「海べりに屋台が並んでて、鉄板で鯖を焼いてるの。それと玉ネギとレタスをトルコのパンに挟んだだけ。見た目素朴で、そんなに美味しそうじゃなかったんだけど、食べてビックリ。カルチャーショック受けたわ。私、鯖は絶対ご飯だと思ってたから」

「先生はどうやって作るんですか？」
二三はカウンターから身を乗り出していた。

「私は生鯖じゃなくて文化干を使うの。その方が味が締まってるから。揚げた方が良いかとも思ったんだけど、焼いた鯖で充分美味しかった。パンは食パンじゃなくてバゲットとか、しっかりした生地が合うと思うわ。鯖を焼いて、玉ネギのみじん切り、賽《さい》の目に切ったトマトと一緒にパンに挟んで、仕上げにレモンをギュッと絞るの。もう、だまされたと思って食べてみてください」

一同は我知らず、ゴクンと喉《のど》を鳴らした。

と、一子が思い出したように瑠美を見た。

「パンと言えば先生、ハニームーンってパン屋さん、ご存じですか?」

「ご姉弟でやってる店でしょ? 恥ずかしながら、生徒さんに教えられたわ。月島ならお住まいから目と鼻の先ですよねって」

「あそこのパンも美味しいですね」

「誠実で丁寧な味ですよね。昭和レトロな感じも好きだわ。私、最近朝は、あそこの食パンかコッペパンなんです」

山手と後藤は感慨深げに遊穂のグラスを傾けた。

「佃も月島も、どんどん変るよなあ」

「子供の頃、月島は小さな町工場がいっぱいあったもんだが」

「石川島《いしかわじま》はリバーシティ、月島はもんじゃストリートか」

一子もふっと瞼《まぶた》に甦《よみがえ》る光景がある。結婚した当初、冬になると月島の方角が、うっすら霧が掛かったように霞《かす》んで見えることがあった。あれは工場が使用済みの練炭を路地に廃棄するので、風で灰が舞い上がっているのだと、夫の孝蔵《こうぞう》が教えてくれた……。

「そうそう、昨夜、月島で良いバーを見付けちゃった」

「月島で?」

瑠美は大きく頷いた。

「清澄通りに面したビルの二階。マスターが一人でやってるカウンターバーで、落ち着いてて、すごく良い雰囲気なの。元は銀座でお店やってたんですって」

「へえ。それはすごい」

康平は素直に感心した。

「銀座に店を出せるくらいの人なら、知識も豊富で、接客態度も感じ良いんじゃないですか?」

「まさにその通り。だから二三さん、要さんに教えてあげて。彼女、作家さんをこちらで接待することもあるでしょ。食事の後にお酒でもってなったら、ご案内するのにちょうど良いわよ」

「それは、ありがとうございます」

確かに最近、要は月に一度くらいの割合で担当する作家をはじめ食堂に案内してくるようになった。人気作家の足利省吾《あしかがしょうご》がご贔屓《ひいき》の店というお墨付きのせいか、他の作家も皆、佃という立地と、庶民的で気取らない雰囲気《ふんいき》、季節の美味しい料理を気に入って、リピーターになってくれた人もいる。

しかし、二軒目に行く場合は銀座のバーにご案内することがほとんどだ。近場に雰囲気の良いバーがあれば、それに越したことはない。

「何ていうお店ですか？」

「『月虹《げっこう》』。月の虹《にじ》なんて、名前までステキ」

男性陣はにわかに興味を引かれた。普段ははしご酒はしないが、近所にお洒落なバーがあるなら、休みの前日などにはじめ食堂の後でちょっと一杯引っかけるのも悪くない。

山手が記憶をたどって額にシワを寄せた。

「バーと言えば昔、佃仲通りにトリスバーがあったっけなあ」

「おじさん、それ、いつの話？」

「お前らが生まれる前。『トリスを飲んでハワイへ行こう』ってな」

康平と万里は「やれやれ」と肩をすくめたが、そのフレーズはかすかに二三の記憶に残っていた。そして、まだ見ぬ「月虹」に心惹《ひ》かれた。大東デパートを退職して食堂のおばちゃんになって以来、バーと名のつく場所にもすっかりご無沙汰《ぶさた》だ。

「ねえ、お姑さん、土曜の夜にでも行ってみようか？」

「そうね。何十年ぶりかで、美味しいカクテルが飲んでみたいわ」

嫁と姑《しゅうとめ》は共犯者のようにニンマリ微笑んだのだった。

「え、ホント⁉」

その夜、帰宅して月虹の情報を聞いた要は、一度椅子に下ろした腰を再び浮かせた。

「菊川先生に感謝！　お母さん、サクッと夕飯食べて、これからその店偵察してくる」

「何も今日すぐに行かなくても……」

「善は急げよ。万里、一緒に行こう」

「奢《おご》りだろうな？」

「セコいこと言うんじゃないわよ。割り勘！」

こうして二人はそそくさと夕飯をかき込むと、店を飛び出していった。

「要はあれで、万里君を頼ってるのかしら？」

「さあ、どうかしらねえ」

二三と一子が後片付けを終えて、二階に上がって布団に入るタイミングで、要が戻ってきた。

「お帰り。どうだった？」

その満足そうな顔を見れば、感想は聞くまでもなかった。

「すごい良い感じ。月島にあんなオーセンティックなバーが出来たなんて、ビックリよ」

マスターはカッコいい中年で、物静かで落ち着いているが、決して陰気ではなく、客を退屈させない接客技術の持ち主だという。

「シェーカー振る姿だけじゃなくて、グラスの出し方とか、ライムの絞り方とか、一連の動作が全部決まってんの。見てるだけで退屈しなかったよ」

「そりゃ良かった」

「今、銀座は地価が値上がりしてるから、新しい店は新富町《しんとみちょう》とか、築地《つきじ》とか、周辺エリアに広がってるのよ。佃と月島にもその波が来たのかも知れない」

「お母さんとお祖母ちゃんも、土曜日に行くのよ。楽しみだわ」


翌朝、出勤してきた万里にも月虹の感想を聞いてみた。

「良かったよ。大人の店って感じだった」

バンダナを巻きながら答えると、さもバカにしたように付け加えた。

「要の奴《やつ》、よせば良いのに『私のイメージでカクテルを作って下さい』なんて言っちゃってさ。一番アホな注文だよね」

「仕方ないわよ。若いんだから」

一子が味噌汁の準備をしながら取りなした。

「で、マスターはどんなカクテル作ってくれたの？」

「メキシカンってやつ。テキーラとパイナップルジュースとグレナデンシロップだっけ？　要が黄色いセーター着てたから、黄色でまとめたみたい」

「お見事ね。カクテルの大喜利みたい」

「バーテンダーも大変だよね。ああいうアホな注文にもキッチリ応《こた》えないとダメだもん」

「仕事は全部大変よ。万里君だって新メニュー、次々考えてるんだもん。大変でしょ？」

「まあね。でも、結果出てるから嬉しいよ」

万里はニンマリと笑って見せた。

今日のランチタイム、はじめ食堂は新たに一つのチャレンジを試みた。テイクアウト用メニューに韓国風海苔《のりま》巻き・キンパをデビューさせたのだ。いなり寿司《ずし》・太巻き・かんぴょう巻きとカッパ巻きのコンビはこれまでにも出したが、韓国風は初めてだ。

これも万里の提案だった。

「七割定番、三割新作。常に冒険しないと、常連さんには飽きられて、ご新規さんを呼べないよ」

偉そうにブッたが、実は日曜日に友達と行った韓国料理店のキンパが気に入って、はじめ食堂で出したくなったのである。

「うちのランチに、大丈夫かしら？」

一子はいくらか危ぶんだが、二三は全く心配していなかった。

「大丈夫よ、お姑さん。韓国料理は完全に日本に定着してるもの。お店の数も中華料理店と同じくらいですって」

それに、万里の言うことは正しい。七割が定番、三割が新作というのは、常連さんにもご新規さんにも喜んでもらえるメニュー構成ではないか。

二三の予想は的中した。

「あら、珍しい」

「韓国風って、初めてじゃない？」

すでに韓国料理は日本に浸透しているから、お客さんの中にもキンパを知っている人は多い。おやつ代りに買って行く人もいて、定番のおにぎりに劣らず結構売れた。

キンパは日本の海苔巻きと同じく、各家庭によって具材は様々で、太巻きも細巻きもある。はじめ食堂では最もシンプルに、沢庵《たくあん》の細巻きを作った。

ご飯に塩とゴマ油、煎《い》りゴマを混ぜ、海苔を敷いて細く切った沢庵を巻く。酢は入れない。このわずかな違いで、日本のお新香巻きとはまるで風味の異なる味わいになる。

二三が初めてキンパを食べたのは二十年以上前だった。一口食べて食材の組み合わせの妙に驚いたのを覚えている。それから間もなく韓流《ハンりゅう》ブームが日本を席巻《せっけん》するとは、予想だにしなかったが……。

「お宅も本当に色々、考えるわねえ」

カウンターに残ったキンパのパックを見て、梓が感心したように言った。

「ワンコインメニューにテイクアウト、今度は韓国風海苔巻きまで始めるし」

「お宅みたいに繁盛している店が常に革新を怠らないのは、なかなか出来ないことですよ。頭が下がります」

「全《すべ》てはお客さまのためです。野田ちゃん、三原さん、褒めてくれたお礼に、ひとパックサービスします」

「やったね。それじゃ私、ご飯いらない。キンパ食べるから」

「僕もそうして下さい」

　梓は本日の日替わり、白菜とベーコンのクリーム煮を、三原は煮魚定食のぶり大根を注文した。

　今日の日替わりもう一品はチキン南蛮《なんばん》、焼き魚はホッケ、ワンコインは天ぷらそばだった。玉ネギと人参《にんじん》のかき揚げを載せると、見た目はボリューム満点だが、材料費はお安い。小鉢は冷や奴《やっこ》と酢の物（ワカメ・キュウリ・カニかま）、味噌汁は大根と油揚げ、漬物は一子お手製のキュウリとカブの糠《ぬか》漬《づ》けである。

「そうそう、もんじゃストリートの横っちょの路地に、ハニームーンって言うパン屋さんができたんですけど、美味しいですよ。商品は食パンとコッペパンだけ」

　三原も梓も興味を示して二三を見た。二人とも朝食はコーヒーとトースト派なので、パンは必需品だ。

「今度、買ってみるわ」

「それと、コッペには昔懐かしいマーガリンとかジャム塗ってくれるの」

「あらあ、食べたくなっちゃう」

「思い出すなあ。学校の帰りにコッペパン買いましたよ。小遣いもらった日は、肉屋でコロッケ揚げてもらって、コッペに挟んで食べたもんです」

「みんな、同じことやってるんだ」

万里の言葉に、二三も微笑を誘われた。

まったくだ。みんな似たような子供時代を過ごしてきた……。


その夜、はじめ食堂には新しいお客さんが現れた。

「まあ、いらっしゃいませ!」

二三と一子は同時に歓迎の声を上げた。

「こんばんは」

ハニームーンの姉弟だった。

「お客さんが教えて下さったんです。お二人がはじめ食堂の方だって」

「それでわざわざ?」

「去年『居酒屋天国』を拝見して、一度行ってみたいと思ってたんですよ」

「嬉しいわ。ありがとうございます。どうぞどうぞ、お好きなお席に」

「居酒屋天国」は吉永《よしなが》レオというイラストレーターが日本全国の居酒屋を飲み歩いて紹介する番組で、一昨年の暮れにはじめ食堂でも撮影が行われ、翌年の正月スペシャルとして放送された。

　それを切っ掛けにお店に来てくれたお客さんは何人もいたが、リピーターになってくれたのは一割にも満たなかった。

　ハニームーンの姉弟は宇佐美萌香《うさみもか》、大河《たいが》と名乗った。隅の二人掛けのテーブルに坐《すわ》り、二人とも生ビールを頼んだ。

「どうぞ。こちらが本日のお勧めになります」

　二三はおしぼりとお通しの鶏皮ポン酢の小鉢を運び、メニューを差し出した。萌香と大河は額を寄せ合い、真剣な表情でメニューを眺めた。

「ええと……春菊のナムル、ニラ玉豆腐、モツ煮込み、鰯《いわし》のカレー揚げ、肉野菜炒め……」

　萌香が料理を注文する傍らで、大河は酒のメニューを開いた。

「へえ、ここ、日本酒の品揃え良いな。あ、七本鎗《しちほんやり》がある。これ、燗《かん》にすると絶品なんだ」

　一人でブツブツ言っている間に、萌香は注文を終えた。

「似てるね。どっちも美系で」

　二三がカウンターに戻ると、万里が小声で囁いた。

　姉弟は良い食べっぷりで、飲みっぷりだった。豚肉とキクラゲの卵炒めを追加で注文し、シメにおにぎりとお茶漬けをそれぞれペロリと平らげた。

「ありがとうございました。またどうぞ、ご贔屓にお願いします」

「またお伺いします。私たち、夜は外食が多いんで、ご近所にお宅みたいな店があると助かります」

「この人、料理嫌いなんですよ」

大河はからかうように言ったが、萌香はもう慣れっこなのか、鷹揚《おうよう》に微笑んでいる。

「一日働いてるんですもの。仕事終った後まで料理したくありませんよね」

「うちも、休みの日はほとんど外食ですよ」

二三と一子が口を揃えると、萌香は大河を肘《ひじ》でつついてニヤリと笑った。

「さすが、分ってらっしゃる」

そんな遣り取りの中で、二三は何気なく口に出した。

「お二人は鯖サンド、ご存じですか？」

萌香と大河が素早く目を見交わした。二三は一瞬、マズいことを言ってしまったのかと戸惑ったが、答える萌香の態度は平静に戻っていた。

「聞いたことはありますけど、うちはやりません」

「バゲットやってないですから」

姉弟はそのまま帰っていった。

大したことではなかったが、二三は姉弟が鯖サンドに見せた微妙な反応が心に引っかかった。

土曜の夜、店を閉めてから二三と一子は噂《うわさ》のバー月虹へ赴いた。

店は清澄通りに面した、一階にラーメン屋と整骨院の入った雑居ビルの二階にあった。店内は木目を活《い》かしたベージュとブラウンが基調のインテリアでまとめてあった。カウンターの奥に並んだ各種の酒瓶とグラス類、壁に掛けた古い柱時計以外装飾は何もないが、少しも殺風景ではなく、穏やかで洗練された雰囲気が漂っていた。

「こんばんは」

「よう、おそろいで」

驚いたことに康平・山手・後藤の三人が先客で来ていた。

「まあ、政さん。来てたの？」

「考えることはいっちゃんと同じさ。休みの前の日に、お洒落なバーでゆったり過ごす……」

「まさに至福だね」

康平がカクテルグラスを片手にトロンとした顔で言った。

「ま、俺たちはこれで引き上げるから、二人はゆっくりしていきな」

山手はまるで自分の店のような口ぶりだが、カウンターの中のマスターは、控えめな微笑を浮かべて客たちの様子を見守っていた。

要や瑠美の言うとおり、落ち着いた品の良い中年男性で、年齢は年相応の五十代か若く見える六十代、どちらだろう？　銀座のバーマンだった名残か、白いワイシャツにキチンとネクタイを締め、白い上着を着ている。

「水曜日にうちの娘が友達とお邪魔したんですよ」

「それはありがとうございます」

二三と一子におしぼりを出して、マスターが軽く一礼した。

「私のイメージに合わせてカクテルを作ってって、無茶振りしたそうですね」

マスターはニコニコ笑いながら二人に膝掛《ひざか》けを差し出した。

「よろしかったら、お使い下さい」

「まあ、ありがとう」

一子は膝掛けを広げると、カウンター上のメニューを開いてざっと眺めた。

「あたしはギムレット。ふみちゃんは？」

「う～ん。マンハッタン」

マスターは早速カクテルの準備に掛かった。氷を砕く手つきも、ライムの切り方も、一連の動作が全て流れるようによどみなく、洗練されていて、まるで舞踊を眺めているかのようだった。

「お待たせいたしました」

カクテルの出来も上等であったことは言うまでもない。

「ご主人は銀座のどちらでお店をなさっていたの？」

一子がさりげない口調で尋ねた。

「昭和通りの裏です。東銀座ですね」

「そうですか。あたしの実家もあの辺なのよ。宝来軒《ほうらいけん》ってラーメン屋。今はもう、ないけれど」

マスターは一子の気持ちを察したように頷いた。

「店はムーン・リバーという名前でした。女房が月江《つきえ》といいまして、そこから付けたんですよ」

「あら、良いお話ね」

「洋食の修業をした人間なので、私が酒、彼女が料理担当で、洋風小料理屋のような店だったんですが、一昨年亡くなりましてね。……それで店を畳んで、新しくバーを始めることになりました」

「まあ、立ち入ったことを伺ってしまって、すみません」

マスターは首を振った。

「いいえ。私もお客さまにこんな話をするつもりはなかったんですが、恐縮です」

マスターは二人に店の名刺を渡した。それによるとマスターの名前は真辺司《まなべつかさ》だった。

雰囲気の良い時間の流れに包まれて、一子は軽めのシャンディ・ガフ、二三は要が飲んだのと同じメキシカンを注文した。

「お姑さん、私、ちょっと小腹が空《す》いてきたわ」

「そう言われてみると、あたしもちょっと」

アルコールで刺激されたせいか、それとも夕食もそこそこに、あわてて片付けて出てきたせいだろうか。

「何か、軽い物をお作りしましょうか?」

「ええ、お願いします」

「サンドウィッチは如何《いかが》ですか?」

「お願いします!」

二三と一子は声を揃えた。

「鯖サンド、召し上がれますか?」

二三は思わず椅子から腰を浮かせた。

「お宅、鯖サンドできるんですか?」

「実は大好物なんです」

真辺は冷蔵庫から取り出した文化鯖を電気プレートに載せた。蓋《ふた》付きなので煙が出ないし、臭《にお》いも抑えられる。

「私は和歌山の出身でして、子供の頃からトルコ軍艦の海難救助の話を聞かされたものですから、親近感を抱きましてね。新婚旅行もトルコに行ったんですよ。そこで、港町で鯖サンドを食べたのが切っ掛けで、すっかりファンになってしまいました」

「菊川先生と同じ！」

二三と一子は顔を見合わせた。

「お待ちどおさまでした」

出来上がった鯖サンドは、食べやすいようにバゲットを二つに切ってあった。玉ネギのみじん切りとトマトの賽の目切りにレモン汁を掛けるところも、瑠美が言ったとおりだった。

「塩気が足りなかったら、お使い下さい」

食卓塩を添えてくれたが、ちょうど良い塩加減で、必要なかった。

鯖とバゲットがこれほど合うとは、食べてみるまで分らなかった。トマトと玉ネギは薬味として存在感があり、レモン汁は爽やかさを演出している。

「ああ、やっと念願叶《かな》ったわ」

「春から縁起が良いわね」

二人は満足の笑みを漏らし、軽くハイタッチした。

真辺は二人の大袈裟《おおげさ》なリアクションに「何だろ？」と思ったに違いないが、おくびにも出さず、丁寧に頭を下げた。

「本日はありがとうございました。これからもよろしくご贔屓にお願いします。お待ちしております」

「ご馳走《ちそう》さま。これからも寄らせてもらいますよ」

二三と一子は店を出て、佃の我家に向った。

「お姑さん、年明けから良い店が二軒も見つかって、良かったわね」

「ほんとうに」

そして、ちょっと考え込むような顔になった。

「ねえ、ふみちゃん、あのマスターなんだけど……」

「？」

「あのパン屋さんの姉弟に似てると思わない？」

二三は雛人形のような姉弟と、彫りが深くてどちらかといえば洋風の真辺の顔を思い浮かべた。

「どこが？　全然似てないじゃない」

「耳の形が」

一子は自分の耳を指さした。

二三はもう一度三人の顔を思い浮かべたが、残念ながら、耳までは思い出せない。

「耳ねえ……」

しかし、二三は別のことを思い出した。昔何かの本で「整形しても絶対に変えることが出来ないのは、瞳《ひとみ》の位置と耳の形」と読んだ記憶があった。

「そう言えば、宇佐美さんの姉弟は鯖サンドに含むところがあったみたいな気が……」

二三は途中で言葉を切って、冬の夜空を見上げた。

澄んだ冷たい空気の上で、オリオン座が仄《ほの》かにきらめいた。

第二話——偽りの白子ソテー

「今更恵方巻《えほうまき》でもないしなあ」

本日の日替わりランチの一品、メンチカツを箸《はし》でちぎりながら、万里《ばんり》がぼやいた。

「キンパで良いじゃん。海苔《のり》巻きだし、細巻きだから一気食いできるし」

日替わりランチのもう一品、中華風オムレツをスプーンですくってはなが言った。ランチで出すときは中華味の銀餡《ぎんあん》を掛けるので、スプーンが添えてある。

「だから、新鮮味に欠けるじゃん。恵方巻と親戚《しんせき》みたいで。もっとこう、インパクト強いの、ないかなあ」

「インパクトねえ」

鮭《さけ》の西京味噌焼《さいきょうみそやき》を口に入れて、メイが思案顔になった。

時計の針は二時を五分ほど過ぎ、はじめ食堂は賄いタイムに突入していた。月曜のランチ後なので、ニューハーフ三人組のメイ・モニカ・ジョリーンに加え、近頃狙《ちかごろねら》ったように同じタイミングで現れる桃田《ももた》はなもテーブルを囲んでいる。

一月最後の月曜日、一同は「節分のスペシャル料理をどうするか？」で、ああでもないこうでもないと盛り上がっていた。

今年は二月二日が土曜日で夜営業のみ、三日は日曜で店はお休みである。ランチタイムは例年、ご来店のお客様には目刺しと豆菓子の小袋を漏れなくサービスしていたのだが、今年は夜のお客さん向けに節分スペシャルをメニューに加えようと、二三《ふみ》と一子《いちこ》と万里の間で相談がまとまった。

「巻物じゃないといけないの？」

ブリ大根に箸を伸ばしたジョリーンが尋ねた。

「そういうわけじゃないけど、鰯《いわし》料理だと、うちには名物〝鰯のカレー揚げ〟があるでしょ。あれよりインパクト強いメニューは難しいと思うのよね」

小鉢の餡かけ豆腐を平らげた二三が答えた。もう一品はシラスおろしで、魚の食べられない万里は代りに納豆をゲットした。

「ねえ、鯖《さば》サンドならぬ鰯サンドは？」

メイの提案にモニカが大きく頷《うなず》いた。

「あたし、良いと思うわ。鯖がいけるなら鰯でもいけるわよ。どっちも青魚で、違和感ないし」

「お姑《かあ》さん、どう思う？」

「そうねえ。悪くはないんだけど、何となく二番煎《せん》じの感じが」

一子はシジミの味噌汁の椀《わん》を置いて、眉《まゆ》を寄せた。

「そうだ！」

はながパチンと指を弾《はじ》いた。

「ねえ、ラップサンドは？　あれ、巻物だよ。恵方巻みたいに食べられて、イメージ全然違うし。中身はアレンジし放題。絶対に良いと思うよ」

はなは一同の顔を見回した。

「ラップサンドってなあに？」

一子だけが腑《ふ》に落ちない顔で二三を見た。

「トルティーヤって言う、薄いメキシコのパンで、海苔巻きみたいに具材を巻いてあるの」

トルティーヤで具材を巻く（ｗｒａｐ）からラップサンドと呼ぶらしい。

「スタバじゃ色んな野菜を巻いて〝サラダラップ〟ってネーミングで売ってる。女子には人気だよ」

「コストコやタリーズでも売ってるわ」

「あら、うちの近所のスーパーにもあるわよ」

万里とメイ、ジョリーンも説明を補足した。

一子は全《すべ》てを把握できないまでも、およそのイメージを摑《つか》んだ様子だ。

「何となく、生春巻きに似てるのかしら？」

「形状はね。でも食感は……」

言いかけて、万里はハッと膝《ひざ》を打った。

「生春巻きも良いな。あれも色々巻けるし」

言いながら、本日のワンコインメニュー、スパゲティナポリタンを箸ですくい取った。

こうして各人の意見が出そろったところで、節分の夜のスペシャルメニューは、ラップサンドと生春巻きが形勢有利になっていったその時……。

「ごめん下さい」

入り口の戸を開けて、三十四、五歳くらいの女性が入ってきた。二三はあわてて立ち上がり、頭を下げた。

「あいすみません。今日はもう、ランチが終ってしまいまして」

「いえ、違うんです」

女性は顔の前で片手を振ると、肩に掛けた大きなショルダーバッグを下ろし、中から名刺入れを取りだした。

「突然お邪魔いたします。私、『アップタウン』の高石《たかいし》と申します」

名刺には「タウン誌『アップタウン』記者　高石いずみ」とあった。

「ご参考までに、どうぞ」

いずみは続いてA４判の大きさの雑誌を二冊取り出し、二三と一子の前に置いた。中をめくるとカラーグラビア頁《ページ》の多い、いわゆるムック本である。

「あ、これ、知ってる！」

後ろから首を伸ばしたはなが目を輝かせた。

「東京の色んな地域を宣伝してる本だよね？　谷根千《やねせん》特集の時、西日暮里《にしにっぽり》もちょびっとだけ出してもらったんだよ」

「それは、お世話になりました」

いずみはにこやかに会釈した。援軍を得て話がまとまりやすくなったと思ったのかも知れない。

「こちらのお嬢さんの仰《おっしゃ》るとおり、弊誌の趣旨は東京の様々な町や地域の魅力を伝えることです。六月発売号は、佃《つくだ》・月島《つきしま》・勝《かち》どきの、ウォーターフロント特集に決まりました。そこで、佃を代表する名店であるはじめ食堂さんに、是非弊誌にご登場いただけないかと思いまして、お願いに上がりました」

二三と一子は〝名店〟という言葉に狼狽《うろた》えたが、万里は満面の笑みではなやメイたちとハイタッチを始めた。

「あのう、すみません。うちは本当にただの食堂兼居酒屋で、そんな、名店とかじゃないんですよ」

「元々は私と息子、素人二人で始めた店ですから。息子が亡くなってからは嫁のふみちゃんが、三年半前からこの万里君も入って、三人でやってる素人料理屋なんですよ」

いずみは激しく首を振った。

「それが素晴しいんです！　とかく上手《うま》くいかないと言われている嫁と姑《しゅうとめ》が力を合わせて家族経営、そこに若い戦力も加わって、地域の人に愛される食堂として繁盛が続いている……愛と感動のストーリーだと思います」

いずみは「愛と感動」と言うとき、胸の前で手を組み合わせ、瞼《まぶた》を二、三回パチパチさせた。

「読者の中には『居酒屋天国』でこちらのお店を知った方もいらっしゃいます。うちの読者が求めているのは、ミシュランで星を取るような店じゃなくて、その町や地域に溶け込んだ風物のようなお店なんです。弊誌も、グルメガイドを作るつもりはありません。はじめ食堂さんは、戦前はお寿司《すし》屋さんで、東京オリンピックの年に洋食屋さんに衣替えなさったそうですね。当時は下町の名店として評判だったと伺いました。そんな変遷の歴史も含めて、佃の名店としてご紹介させていただきたいと思っています」

洋食屋時代のことを持ち出されて、一子の心はにわかに動いた。はじめ食堂のオープンは、正確には東京オリンピックの翌年だが、そんなことはどうでも良い。亡き夫孝蔵《こうぞう》が作った料理、孝蔵が束ねていた店の姿を知る人は、もはや佃でも残り少ないのだ。

もし、それをわずかでも誌面に留《とど》めることが出来たら……。

そんな一子の思いは、二三にも伝わってきた。

「お姑さん、お受けしましょうよ。良いお話だもの」

「そうね。ふみちゃんと万里君が賛成してくれるなら、あたしは喜んで」

万里がＯＫなのはハイタッチで歴然だった。

「ありがとうございます！」

いずみは腰を二つに折って最敬礼した。

「本日は取《と》り敢《あ》えずご挨拶《あいさつ》だけで、取材の内容や日程につきましては、後日改めてご相談に伺いますので……」

いずみは大きなショルダーを肩に掛け、一同を見回した。

「あのう、はじめ食堂さんが佃・月島・勝どきの辺で、推薦したいお店ってございますか？　食べ物屋さんに限りませんが」

「そうねえ。うちがお世話になっている魚政《うおまさ》と辰浪《たつなみ》酒店かしら。どちらも小さなお店だけど、品揃《しなぞろ》えはとても良いんですよ」

「あ、それと、新しくオープンした月島のハニームーンって言うパン屋さんと、清澄《きよすみ》通りの月虹《げっこう》っていうカウンターバーも良いですよ」

「すみません、月島の……？」

いずみは素早く手帳を取り出してボールペンを走らせた。二三は二つの店の場所と特徴をざっと説明した。

「これは、貴重な情報をありがとうございました」

いずみは再びペコリと頭を下げ、そそくさと店を後にした。

「やったね！」

はなは二三と一子に向けて親指をぐいっと突き立てた。

「アップタウンって、結構宣伝効果あるんだよ。うちの店にも『雑誌見た』ってお客さん、何人か来たもん。端っこに載ったくらいでそうなんだから、特集でデカい記事書いてもらったら、反響もデカいんじゃないかな」

「店は古いが料理が美味《うま》くてシェフがイケメン、とかな」

万里は親指で自分を差し、はなに「バ〜カ」とバカにされた。


「巻物で良いんなら、俺《おれ》、春巻きもありだな」

ふろふき大根を箸で割って、辰浪康平《こうへい》が言った。

「ええと、カリフラワーのガーリック焼と菜の花の辛子和《からしあ》え、それと牡蠣《かき》フライね」

「そうだよね。生春巻きがありなら春巻きもＯＫだよね」

万里は相槌《あいづち》を打つと、茹《ゆ》でた菜の花を冷蔵庫から取り出した。出汁《だし》に醬油《しょうゆ》を加え、辛子を溶いてさっと菜の花と和える。菜の花の仄《ほの》かな苦みとピリリとした辛子の風味が口の中で溶け合い、爽《さわ》やかさが舌に残る。

「菜の花は辛子マヨネーズもお勧めだけど、今日はガーリック焼もあるから、さっぱり醬油味で」

ひと箸つまんで、康平は頷いた。

「うん。汁の濃さも辛子の量も、ちょうど良い」

牡蠣フライを揚げ始めた一子が、二人の様子を眺めて二三にそっと囁《ささや》いた。

「康ちゃんと万里君は、良いコンビね」

「シェフと批評家の関係？」

「そうそう。康ちゃんみたいなお客さんがいると、作る方も張り合いが出るからね」

貴《たか》のグラスを傾け、康平がカウンターを見上げた。

「そう言えば、今度雑誌に載るんだって？」

「うん。特集で載せてくれるってさ」

「なんか、特別料理とか、考えてる？」

「実は、隠し球がひとつ」

康平はグラスを置いて身を乗り出した。

「なんだ、教えろよ」

「へへへ。それはまたのお楽しみ……」

「おいおい。匂《にお》いだけ嗅《か》がせて殺生だろ。教えろよ」

万里はニヤリと笑い、二三と一子にウインクした。

「ま、康平さんだけに特別に教えるよ。白子のバター焼チーズ風味」

康平が喉《のど》をゴクリと鳴らした。

「く、喰《く》いてえ～」

「言うと思った」

康平が椅子《いす》から腰を浮かせた。

「あるの？」

「あるよ……って、俺は『HERO』のマスターか」

万里は冷蔵庫から取り出したパック入りの白子を、康平の目の前に突きつけた。

「今から作る。お代、千円もらうけど、良い？」

「あたぼうよ。大船に乗った気でいろって」

康平は座り直すと、一子に言った。

「おばちゃん、白子バター出す日、前もって教えてね。うちから伯楽星《はくらくせい》持ってくるから」

「そのお酒、白子に合うの？」

「バター焼もポン酢も相性抜群。活性炭濾過《ろか》してないから、デリケートな味わいでね。白身の魚やサラダにも合うよ」

白子のソテーは白子を塩胡椒《こしょう》してバターで焼けば出来上がりだが、お代をいただく以上は一手間かける。

はじめ食堂では沸騰した湯に塩を振り、白子を十秒ほど湯通ししてぬめりを取る。あら熱が取れたら塩胡椒して小麦粉をまぶし、たっぷりのオリーブオイルで焼き、バターで風味を付け、最後に粉チーズを振って仕上げる。

「メニューで出すときは、湯通しが終った段階でタッパーに入れて冷蔵庫にしまっとくつもり。注文入ったら、即粉付けて焼く」

そう言いながら手際良く白子に塩胡椒を振り、小麦粉を付けた。フライパンに注《そそ》いだオリーブオイルが熱せられ、白子が入ると小気味よい音がはぜる。更にバターを投入して、フライパンを回しながら焼く。

「火を通しすぎない方が良いよね。バターの風味が付いたら、もうＯＫ」

最後に粉チーズを一振りして皿に盛り付けた。粉チーズはあっという間に溶けて、白子の上に薄い膜を張っている。

「いやあ、美味いなあ」

康平は一切れ口に入れて、うっとりと目を閉じた。カリッと香ばしい表面を噛《か》むと、固く泡立てた生クリームのような白子がトロリと溢《あふ》れ出る。舌の上では濃厚な海の幸に芳《ほう》醇《じゅん》なバターの風味が加わり、チーズがアクセントになって三位一体と化し、とろけて喉へと滑り落ちる……至福の瞬間だ。

「湯引きでポン酢も良いけど、これはもう、完全に別物。畏《おそ》れ入りました」

万里が鼻をヒクヒクさせたとき、ガラリと戸が開いて、山手《やまて》政夫《まさお》と後藤《ごとう》輝明《てるあき》のコンビが入ってきた。

「こんばん……康平、何喰ってんだ?」

「すごい、美味そうな匂いがする」

二人は白子の皿を覗《のぞ》き込んだが、康平は平然とうそぶいた。

「秘密、秘密」

「白子じゃねえか。今日、うちの店で仕入れたやつだろ?」

「当た〜り〜」

二三はおしぼりを出して、万里を振り返った。

「ねえ、山手のおじさんと後藤さんにも作ってあげたら?　この二人に隠し事は出来ないわよ」

「だよね。ねえ、おじさん、新メニューの白子バター焼、食べる?」

「喰わいでか。おまけにうちで仕入れた白子だぞ」

康平がデレデレと相好を崩して言った。

「おじさん、これ喰ったら寿命が延びるよ。居酒屋料理じゃもったいない、本格イタリアンだから」

山手が少し疑わしそうにカウンターの向こうの万里を見上げた。

「万里、どこでそんなしゃれたもん、覚えてきたんだ?」

「西大島《にしおおじま》のイタリアン。ミシュランのビブグルマンに載ってた駅近の店でさ、あんまり美味かったから、真似《まね》してみた」

山手と後藤は顔を見合わせた。二人とも生まれてから江東《こうとう》区大島に行ったことはなく、ビブグルマンも知らなかった。

「お代、千円もらうけど、良い?」

「バカにすんな。うちの白子だぞ。そのくらい当たり前だ」

「さすが魚政、太っ腹!」

万里は早速調理に取りかかり、山手と後藤はお通しの次に特別料理を食することとなった。

二人とも一口食べて言葉を失い、皿の上の白子を食べ尽くすまで、溜息《ためいき》しか出ない有様だった。

「白子って、ポン酢と塩焼きしか知らなかったけど、こんな料理もあるんですね」

後藤が空になった皿を見下ろし、感心したように漏らした。

「イタリアでも、白子食べるのか？」

「うん。菊川《きくかわ》先生が言ってた。日本に限らず海に面してる国は、魚は内臓まで無駄にしないで食べるらしいよ」

「そういや、トルコに鯖サンドがあったんだよなあ」

山手の言葉に、二三は月虹で食べた鯖サンドを思い出した。

やがて次々とお客さんがやって来て、店は満席となった。八時前に康平と山手、後藤が席を立つと、入れ替るように宇佐美萌香《もか》と大河《たいが》が現れた。

「いらっしゃいませ。カウンターでよろしいですか？」

「全然、かまいません」

二人は並んで席に着いた。

「アップタウンに推薦して下さったんですってね。ありがとうございます」

おしぼりを出すと、二人は揃って頭を下げた。

「まあ、お宅はもう人気店だから、今更雑誌に取り上げられるメリットはないかも知れないけど」

「いいえ、そんなことありません」

「新しいお客さんを開拓するには、やっぱりメディアの力って大事ですから」

「常連さんに頼りすぎると、先行き危ないと思うんです」

二三も二人と同感だった。常連さんは大事だが、二割は新規のお客さんを摑まないと、店は先細りになってしまう。ミシュランガイドに載るようなレストランであっても、お客さんの新陳代謝は必要なのだ。まして、町場の小さな店なら尚《なお》のこと。

「お二人ともまだお若いのに、本当にしっかりしてるのね。私なんか店を手伝うようになって二、三年は、無我夢中で何も考えられなかったわ」

「お袋の受け売りですよ。うち、パン屋だったんで」

「まあ、それじゃ、姉弟揃ってお家《うち》の仕事を継いだんですね」

萌香と大河はチラリと顔を見合わせたが、萌香の方が答えた。

「そんなとこです」

「親孝行ねえ。ご両親は大喜びなさってるでしょう」

「多分……。もう亡くなってるんで、分りませんけど」

「あら、余計なこと言ってしまって、ごめんなさいね」

二三はあわてて頭を下げた。

「いえ、気にしないで下さい」

「もう、結構前のことなんで」

萌香も大河も屈託のない笑顔を見せた。

日本は今や長寿大国で、五十代、六十代が老親の介護を背負う時代である。三十そこそこの宇佐美姉弟なら、当然両親は健在と思っていたが、どうやら若くして死別したらしい。それでも姉弟力を合わせてお店を出して、人気店にしてるんだもの。立派だわ。

二三は改めて宇佐美姉弟の健気《けなげ》さに感心したのだった。

「それで、アップタウンに載せるメニューはもう決まったの？」

尋ねたのは菊川瑠美《るみ》だ。カウンターには康平・山手・後藤の常連組も顔を揃えている。

「だいたいは。いつものラインナップに万里君の自信作をいくつか混ぜて」

二三はチラリと万里を見た。

「白子のソテーと鰯のカレー揚げは絶対です。カレー揚げはうちのオリジナルだし。それと、海老《えび》フライと自家製タルタルソースも。これ、おばちゃんのご主人直伝だから」

万里は小鍋立《こなべだ》てをガスに掛けながら答えた。

「でも、泣く泣く諦めたメニューもあるんすよ。掲載号が六月だから、桜鯛《さくらだい》で鯛茶漬けとか、花見用のバラちらしとか……根三つ葉あしらうと、春っぽいんすけどね。時季遅れになっちゃうから」

今の万里に、初めてメディア出演が決まったときのような気負いはない。肩肘《かたひじ》張らずに料理と酒を楽しんでもらうことに徹している。

「はい、お待ちどおさま。本日の小鍋立てです」

四人の前に供されたのは、鶏肉《とりにく》とゴボウの笹《ささ》がき、セリの入った醤油仕立ての小さな鍋料理。

「きりたんぽ鍋からきりたんぽ抜きました」

瑠美は右手でＯＫサインを出した。

「実は私、きりたんぽ鍋は鶏とセリが好きなの。ボリューム感もちょうど良いわ」

「ううん、良い出汁だ」

汁を一口啜《すす》った山手が言った。

「おじさん、汁物は日本酒に合うんだよ」

そう言う康平の今日の持ち込み（?）酒は雪《ゆき》の茅舎《ぼうしゃ》。鍋に合うことに加え、秋田の酒だからきりたんぽとは相性抜群だ。

「せっかくだから小鍋立ても出したら？　粋《いき》な居酒屋メニューだし」

「うん。まあ、色々とね。何を載せるかはあっちの編集次第だけど」

「それより、いっちゃん、明日の節分特別メニュー、何になったんだ？」

「それは明日のお楽しみよ」

一子は含み笑いした。

「気を持たせるよなあ」

山手は雪の茅舎のグラスを片手に、鍋の汁を小さなお玉で口に運んだ。

「ホントだ。こいつはいける」

土曜は二月二日、夜のはじめ食堂は節分パーティーでにぎわった。

もっとも、大したことはやっていない。来店したお客さんに豆菓子の小袋をプレゼントし、特別料理をサービスするだけだ。

「というわけで、本日のスペシャルメニューです！」

二三が厨房《ちゅうぼう》から運んできたのは、ベトナム料理の「蒸し春巻き（バインクオン）」だった。

「さあ、どうぞ」

盆の上に並んだ小皿には、長さ七、八センチの白い春巻きが二本ずつ載り、湯気を立てている。

「お醤油かニョクマムを付けて食べますが、何も付けなくても美味《おい》しいですよ。一口目はそのままでお試し下さい」

二三は皿を配りながら説明した。

これは文字通りライスペーパーで具材を巻いて蒸した料理で、具材のバラエティは無限にある。はじめ食堂では豚のひき肉と戻した干し椎茸《しいたけ》のみじん切りを炒《いた》め、塩胡椒とオイスターソースで味付けした。ご飯が進む味だ。

ライスペーパーは蒸すと餅《もち》のような弾力と粘り気が出る。米を主食とするベトナムの料理は元々日本人の舌に合うが、蒸した米粉のツルツルの舌触りとモチモチの食感は、まさに日本人好みなのだ。

「生春巻きは知ってるけど、蒸したのは珍しいな」

康平は箸でちぎって一口食べ、鼻の穴を膨らませた。

「モチモチ！」

「私、生より蒸し春巻きの方が好きなの。ベトナム料理屋さんに行くと、必ず注文するのよ」

瑠美も一口味わって、満足そうに微笑《ほほえ》んだ。

「なんか、餅みたいだな」

「初めてなのに、すごく馴染《なじ》む」

山手と後藤も箸が止まらない。

二三は一子と万里を振り返り「やったね！」とガッツポーズを決めた。

「二三さん。これ、しばらくメニューに載せても良いんじゃない？　美味しいし、珍しいし」

「先生にそう言っていただけると、自信が持てます」

料理研究家の瑠美に褒《ほ》められて、嬉《うれ》しさと誇らしさが込み上げてきた。蒸し春巻きは二三のアイデアだった。康平に「春巻きもありだな」と言われたとき、ふとベトナム料理店で食べた蒸し春巻きを思い出した。

「まだ生春巻きほど一般的じゃないし、新鮮だと思うわ。味付けはピリ辛で甘酸っぱいのじゃなくて、醬油ベースにしましょうよ。その方がご飯に合うもん」

二三の提案に、一子も万里も乗り気になった。こうしてはじめ食堂の新メニューは、節分スペシャルとしてお披露目されたのだった。

「おう、万里。新メニューも結構だが、初心忘るべからずだ。卵もよろしくな」

「当たり前だよ、おじさん。はじめ食堂ある限り、卵メニューは不滅です。今度、ベトナム風オムレツに挑戦するから」

「ベトナムにオムレツがあるのか？」

山手は露骨に疑わしそうな顔をした。

「やだなあ、おじさん。あくまで〝風〟だよ。フランス風や中華風とおんなじ」

「今まで万里君は不味《まず》いもの作ったことないもんな」

意外にも、後藤が太鼓判を押してくれた。

「ベトナムではオムレツは家庭料理なんですよ。具材に野菜をたっぷり使うのが特徴です」

瑠美は山手と万里を等分に見て、やんわりと補足説明した。

「フランスの植民地だった時代があるので、料理にもフランスの影響が残ってるんです。だから東南アジアで一番パンが美味しいって評判ですよ」

「へえ。俺、なんか本気でベトナム風、究めようかな」

「大歓迎。万里君のセンスなら、きっと美味しいベトナム風料理が出来上がるわ」

「先生、マジ、照れるっす」

万里は照れ笑いを浮かべながら、鰯のカレー揚げを揚げ始めた。


その夜、はじめ食堂は大盛況のうちに閉店時間を迎えた。

「万里君、お疲れ様でした」

「後片付けは明日やるから、今日はもうお帰りなさい」

今日、万里は三時から厨房に入って夜の準備をした。時間外労働には当然時給をプラスするが、何より自主的に早出をしてくれる気持ちが嬉しい。

「ありがと、おばちゃん。それじゃ、お言葉に甘えて」

三年半も一緒に働いているので、互いの気心は知れている。万里は遠慮せずに厚意を受け入れた。

「お土産《みやげ》一杯、ありがと。親父《おやじ》とお袋が喜ぶよ。じゃ」

万里が帰ると、二人もコートを着て表に出た。

ちょっとしたイベントが成功に終り、明日は休み。こんな夜は、このまま寝てしまうのがちょっぴり惜しい。そこで……。

二人が向った先は清澄通り沿いに新しくオープンしたバー月虹。品の良い中年のマスターが一人で営むカウンターバーだ。女性客も寛《くつろ》いで時間を過ごせる落ち着いた雰囲気に、二三も一子もすっかりファンになった。毎週は無理だが、月に一度か二度は顔を出したいと思っている。

「いらっしゃいませ」

ドアを開けると、響きの良い低音が二人を迎えた。先客は三人で、カップルと男性客。いずれも中高年だった。この、やや高めの年齢層も、店の雰囲気に合っていた。

マスターの真辺司《まなべつかさ》は二人におしぼりを出すと、続けて膝《ひざ》掛けを勧めてくれた。

「そう言えば、タウン誌に推薦して下さったそうで、畏れ入ります」

「もう、お宅の取材はすみましたか？」

真辺は小さく首を振った。

「うちは遠慮することにしました」

「あら」

真辺は二人の前に氷の入った水のグラスを置いた。

「多分、雑誌を見て来店して下さるのは、お若い方たちだと思います。うちはどちらかといえば、静かに飲みたいお客さまが多いので、騒がしくなると困りますから」

二三はさもあらんと思った。大東《だいとう》デパートに勤務していた頃、接待で利用していた高級和食店の店主が言っていた。

「この前、なんとやら言う雑誌の取材を受けて、ひどい目に遭《あ》いましたよ。若い女の子が二、三人連れでどっと来て、常連のお客さまが入れなかったんです。しかも、ああいう女の子たちは雑誌に載った一番安いコースしか頼まないし、一回こっきりで二度と来てくれません。うちとしてはむしろ損害でした」

はじめ食堂にも、かつて人気ブロガー当麻《とうま》清十郎《せいじゅうろう》のブログに載った直後、当麻ファンの若い女性が何人もやって来て席を占め、困惑したことがあった。

「すみません。余計なことをしてしまいましたね」

「いいえ、とんでもない。ご厚意は大変ありがたく存じました」

真辺は穏やかな笑顔を浮かべて尋ねた。

「何をお作りしましょう?」

「ギムレット、お願いします」

一子が注文を口にすると、真辺は申し訳なさそうな顔で答えた。

「すみません。今日は良いライムが入らなかったものですから、ギムレットはちょっとお作りできないんです」

しかし、ベテランのバーマンたる者、次の策はちゃんと用意してあった。

「代りに、瀬戸内《せとうち》の良いレモンが手に入りましたので、よろしかったらそちらを使ったカクテルをお作りしましょうか？」

一子の目がキラリと光った。

「ええ。是非」

「ホワイト・レディは如何《いかが》でしょう？　ギムレットのライムをレモンに変えただけですが、味の違いをお楽しみいただけると思います」

「そちらをいただきます。ふみちゃんは？」

「私も、ホワイト・レディで！」

二三は思わず前のめりになってしまった。真辺の説明を聞くと、瀬戸内のレモンでホワイト・レディを飲まずにはいられない気持ちになるから不思議だ。

ジンベースは同じだが、ライムジュースを入れるか、レモンジュースを入れるかで、風味の違うカクテルが出来上がる。

見事な手さばきでレモンを切って絞り、シェーカーを振るう真辺の姿に、二三と一子は目でも充分楽しんだ。

出来上がったカクテルに口を付けると、初めての味が舌に広がった。

「……美味しい」

「ライムの方が軽くて爽やかで、レモンは何て言うか、ちょっと濃厚な感じ」

二人はじっくりと味わい、カクテルの味だけでなく、ゆったり流れる大人の時間も堪能《たんのう》した。

一子がグラスを置いて真辺を見た。

「マスター、せっかくだからこのレモンを使って、別のカクテルも作って下さる？」

「私にもお願いします」

「畏《かしこ》まりました」

真辺は空のグラスを下げると、一子に向って言った。

「それでは一子さんはオーソドックスに、サイドカーは如何でしょう？　レモンを使ったカクテルの代表です。二三さんにはマイアミをお勧めします。辛口でさっぱりしたカクテルですよ」

「是非、それで！」

二三と一子は声を揃えた。

サイドカーはホワイト・レディのジンをブランデーベースに変えたカクテルで、昔から人気が高い。マイアミはライト・ラムとホワイトキュラソー、レモンジュースを使う。どちらもショートカクテルで、アルコール度数は高めである。

真辺は鮮やかな手つきでシェーカーを振り、二人のカクテルを仕上げると、オリーブをサービスして言った。

「サイドカーは別名〝女殺し〟と言われているんです。飲みやすいので女性を酔わせるのに好都合だと……」

「あら、スクリュー・ドライバーと同じですね」

二三が言うと、真辺は苦笑した。

「もっとも、最近の女性はこれしきで酔いつぶれたりはしないでしょうが」

と、一子が不思議そうな顔をした。

「それにしても、女殺しのカクテルに、どうしてサイドカーなんて名前がついたのかしら？」

サイドカーはオートバイや自転車など、二輪車の横に取り付ける側車のことだ。四輪自動車が高級品で庶民には高嶺《たかね》の花だった時代、普及していた二輪車の横に台車を取り付け、人や大きな荷物を運べるようにしたのが始まりである。

「なんでも、サイドカーに女性を乗せて交通事故を起こした場合、運転者より女性が死亡する割合が高かったそうで、そこに引っかけてたらしいですね」

さすが、酒に関する蘊蓄《うんちく》は豊富である。

「それじゃ、スクリュー・ドライバーは、どうして?」

「昔、イランで石油を掘っていたアメリカ人が、即席でカクテルを作るとき、ステアするのに工具のねじ回しを使ったから……と言うのが通説です」

一子は感心して溜息を吐《つ》いた。

「世の中、知らないことばかりねえ」

「リアル『チコちゃんに叱《しか》られる!』だわ」

真辺はあわてて手を振った。

「とんでもない、お恥ずかしい限りです。私にあるのは、酒の肴《さかな》みたいな知識ばかりで……」

「それこそ、バーにはピッタリ」

一子の言葉に、三人は同時に微笑んだ。


高石いずみは熱心に取材を進めた。一子から洋食屋時代の話を聞き、当時のはじめ食堂や孝蔵、かつての従業員たちの写真も借り受けていった。

いずみが一番興奮したのは、孝蔵のかつての弟子たちを知ったときだった。

「すごい! 〝ラビリンス〟の富永《とみなが》シェフと〝西一《にしいち》〟の社長が、はじめ食堂で働いてたんですか⁉ もう、信じらんない!」

ラビリンスはミシュラン三つ星店で、三年先まで予約で埋まっているという噂《うわさ》がある。そのオーナーシェフの富永亘《わたる》は、かつて孝蔵の元で洋食の修業をした天才料理人だ。西一は大人気のラーメンチェーン店で、創業者の西亮介《りょうすけ》は、はじめ食堂で食い逃げしようとして孝蔵に拾われ、弟子になった。途中で洋食からラーメンに転向し、今日を築いたのだった。

「お宅、すごい店だったんですねえ。洋食屋さん時代は名店だったって聞いてましたけど、まさかこれほどとは思いませんでした」

いずみの素直すぎる感想に、一子は苦笑するしかない。

一子にとって洋食屋時代のはじめ食堂は、あくまで孝蔵の店だった。弟子たちが後にどれほど大物になろうと、あの頃のはじめ食堂は、孝蔵で持っていたのだ。

それでも、孝蔵のことが少しでも記事になり、誰《だれ》かの目に触れれば、それで満足だった。

数日後、夜の営業を始めて三十分ほど経《た》った頃、ガラス戸が開いて女性が一人で入ってきた。初めて見る顔だった。

「いらっしゃいませ」

「カウンター、よろしいですか?」

「はい。どうぞ、お好きなお席に」

カウンターにはすでに康平と山手、後藤が座っていたが、女性はためらうことなく一番隅の席に腰を下ろした。

「いらっしゃいませ。あちらが本日のお勧めになります」

二三はおしぼりを持っていって、壁の黒板を指した。女性はチラリと黒板に視線を向けてから、手元にある飲み物のメニューに目を落とした。

「ええと、苺《いちご》のフローズンサワー下さい。おつまみはちょっと考えます」

「畏まりました」

二三はカウンターを離れながら、女性を振り返った。年の頃は三十代半ば、ちょっとキツい感じがするが、なかなかの美女だ。服装はカシミヤのコートに仕立ての良いテーラードスーツ、キャメルのブリーフケースはコーチのハドソン5。いかにもやり手のキャリアウーマンという印象だ。

どうしてこんな人がうちの店に来るかなあ……?

菊川瑠美や足利省吾《あしかがしょうご》のような有名人も通ってくれるから「こんな店」と言うことはないのかも知れないが、瑠美はご近所で、足利はランチの常連だった姪御《めいご》さんに引っ張られて来店し、今は要《かなめ》が担当編集者という関係もあって贔屓《ひいき》にしてくれる。しかし、やり手のキャリアウーマンが一見《いちげん》で飛び込んでくるような店でないことは明らかだ。

康平や山手、後藤も、遠慮がちにチラチラと女性を盗み見た。考えていることは二三と同じだろう。

女性はと言えば、人の視線を集めることには慣れっこなのか、気にする風もなくメニューを熟読している。二三がフローズンサワーを運んで行くと、メニューから顔を上げて言った。

「お宅、白子ソテーなんてあるのね。居酒屋さんは湯引きポン酢が定番なのに、しゃれてるわね」

「はい。うちの若頭が頑張ってくれまして」

二三がカウンター越しに万里を見遣《みや》ると、女性もつられて目を向けた。万里は笑顔でペコリと頭を下げた。

「それにカブラ蒸しも嬉しいわね。ええと、この二品にポテトサラダ、蒸し春巻き、ベトナム風オムレツ。以上で」

「ありがとうございます」

初めてのお客さんがお勧め料理を四品も注文してくれたので、万里はご機嫌だ。女性は再び飲み物のメニューを開いた。

「お酒は伯楽星下さい。白子のソテーなら、絶対にこれ」

それを聞くと、康平は我が意を得たと言わんばかりにニヤリとした。白子ソテーに合わせて自分の店から伯楽星を卸した張本人なのだ。

「はい、ベトナム風オムレツです」

万里はカウンター越しに湯気の立つ皿を差し出した。

これはベトナム〝風〟というのがミソで、万里の自己流だ。ひき肉・モヤシ・万能ネギを炒め、最後に香菜《シャンツァイ》を加えて火を止め、オムレツの具材にする。味付けは塩胡椒にニョクマムを少し使った。ただの野菜たっぷりオムレツが、香菜とニョクマムのお陰でベトナム〝風〟に化けるのである。

「あら、きれいだこと」

女性はひと箸食べて目を輝かせた。

「美味しい！　香菜が利いてるわね。ニョクマムを隠し味に使ってるところが憎いわ」

言って欲しかった賛辞を受けて、万里はデレデレ目尻《めじり》を下げた。

「お宅はちょっと見普通の居酒屋さんなのに、メニューが随分とバラエティに富んでるのね。中華や韓国風を取り入れてる店は沢山あるけど、ベトナム風は珍しいわ」

女性は瞬《まばた》きして万里を見上げた。

「みんな、あなたの工夫なの？」

「いや、いや。おばちゃんたちとの合作ですよ。新しいメニュー提案しても、だいたいOKしてくれるんで、俺もどんどん冒険できるっつうか、前のめりになっちゃって」

女性は二三と一子に視線を走らせ、艶然《えんぜん》と微笑んだ。

「千里の馬はあれども一人の伯楽はなし……その逆ね」

　万里は意味が分らずに目を白黒させたが、二三と一子はこそばゆいような思いだった。これは「どんな名馬もその力量を見極める人に出会わなければ活躍できない」と言う、中国のことわざなのだ。

　女性は食べるのが速かった。箸使いも食べ方もきれいで、料理に対するコメントもちゃんとしているのに、一時間もしないうちに注文した料理を全て平らげ、伯楽星を三合飲んでしまった。

「ご馳走《ちそう》さまでした。美味しかったわ」

　女性はレジの前で鞄《かばん》を開け、エルメスの長財布を取り出した。四十万円近くする品である。

「ありがとうございます。またどうぞ、お越し下さい。お待ちしています」

　女性は勘定を払って釣り銭を受け取ると、レジ台の上に真新しい一万円札を載せた。

「これはほんの気持ち。お店が終ったら、皆さんでコーヒーでも飲んで下さい」

「あら、まあ、とんでもない！」

　二三はあわてて返そうとしたが、女性はさっとレジ前を離れてしまった。

「また伺います」

　女性はコートの裾《すそ》を翻して出ていった。

「……」

二三も一子も万里も、カウンターのご常連三人も、思わず女性の立ち去った後を見て、溜息を漏らした。

「カッコいいよなあ」

「男前だ」

万里と康平は感に堪えたように呟《つぶや》いた。

二三は一子を振り返った。一子も二三の目を見返した。

二人の心に兆したのは同じ思いだった。突然現れた上客に浮かれるより、むしろ困惑が大きい。その困惑にはほんの少し不安も混じっている。これから先、はじめ食堂に何か変化が起きるような……。


二日後、その女性客が再び来店した。

「こんにちは」

前回と同じ時間で、カウンターには康平・山手・後藤の他に菊川瑠美と、四人の先客がいたが、女性は前回と同じく一番隅の席に腰を下ろした。万里も含めた男性陣は露骨に締まりのない顔になった。

「いらっしゃいませ」

「苺のフローズンサワー下さい」

二三がおしぼりを出すと、女性はテキパキと注文してメニューを閉じた。全て前回とは違う料理だった。そしてカウンター越しに万里に尋ねた。

「あなた、このお店何年になるの？」

「ええと、足かけ五年っすね」

「そう。前はどこにいらしたの？」

「松屋《まつや》とか吉牛《よしぎゅう》、その他色々。全部バイトッす。一から全部やらせてもらえたのは、はじめ食堂が初めて……って、シャレになんない」

万里はいつもの調子で軽口を叩《たた》いているだけだが、女性の目は真剣だった。

「私、こういう者です」

ブリーフケースから取り出した名刺入れはキャメル革で、当然エルメスだろう。五万円以上は確実にする。

万里は名刺を手にとって、物珍しげに眺めた。

「長瀬《ながせ》真琴《まこと》……カッコいい名前っすね。株式会社アピタイト　代表取締役　フード・コーディネーター？」

もう一度名刺を見直し、訝《いぶか》しそうに眉間《みけん》にシワを寄せた。その様子は真琴の想定内だったようで、鷹揚《おうよう》に微笑んだ。

「主に飲食店のプロデュースを手掛ける仕事よ。メニュー内容や厨房機器、インテリアのお世話から、売上げアップのご相談まで、幅広く手掛けてるの」

「へええ。すごいっすね」

万里だけでなく、二三も一子も感心した。まだ若い身空で大きな仕事をしているらしい。金の使いっぷりが堂々としているのは、そのためだろう。

一通り自己紹介がすむと、真琴はじっと万里に目を据えた。

「実は、新しく出すお店のことで、あなたに相談があるの」

「俺に？」

「ええ、そう。若い人向けのお店だから、若い人の意見をお聞きしたいの。万里君だったわね。日曜日にその名刺のスマホの番号に、お電話いただけないかしら？」

「俺で役に立つなら、かまわないっすよ」

「そう。助かるわ。お願いね」

話が終ると、真琴は前回と同じく、実にスピーディーに料理と酒を平らげて、席を立った。

「どうもごちそうさまでした」

真琴は勘定が終ると、またしても一万円のこころづけを置いた。

「お客さま、こちらはいただけません。この前も過分にお心遣いいただいて、恐縮しております」

「遠慮しないで下さい。私だってお宅の若い人に協力していただくんですから」

真琴は片頬《かたほお》に笑みを浮かべ、颯爽《さっそう》と去っていった。二三の胸に、前回よりも大きな不安を残して。


「ああ、万里君。よく連絡してくれたわ。今から帝都《ていと》ホテルに出てこられない？　せっかくだから、ランチでも食べながらお話しましょう」

日曜日の昼前、真琴のスマホの番号に電話すると、溌剌《はつらつ》とした声が耳に響いた。ただ明るく通りが良いだけでなく、有無を言わさぬ圧力も含んだ声だった。

「あの、俺、今、外で、スニーカーなんすけど……」

帝都ホテルは格式のある老舗《しにせ》ホテルで、ドレスコードがあるのではないかと危ぶんだのだが、スマホからは笑い声が返ってきた。

「大丈夫よ。気にしないで」

万里が恐る恐る帝都ホテルのラウンジに入ってゆくと、真琴はすぐに席から立ち上がり、こちらに歩いてきた。

「こんにちは。中華の店を予約してあるの。さ、行きましょう」

先に立ってスタスタ歩き出す。万里はあわてて後に続き、フカフカの絨毯《じゅうたん》にけつまずきそうになったが、なんとか持ちこたえた。

エレベーターを二階で降りると、フランス料理と日本料理、中華料理、寿司の店が集まっていた。と言うより、ひとつのフロアをその四店舗で占めていた。だからどの店も大きくて立派で、伝統と格式が漂っていた。

真琴が店に入ってゆくと、黒服に蝶《ちょう》ネクタイのフロアマネージャーが慇懃《いんぎん》に頭を下げて出迎えた。

「長瀬さま、ようこそいらっしゃいませ」

フロアマネージャーの案内で、二人は個室に通された。十畳以上ある広い部屋で、中央のテーブルは十人は軽く座れそうだった。しかも螺鈿《らでん》細工が施されているので、万里の「場違い感」はいよいよ大きく膨らんだ。

次々と運ばれてきた料理はフカヒレの姿煮、北京《ペキン》ダック、ツバメの巣と、およそ高級とイメージされる食材のオンパレードだった。

万里は突然舞い降りたラッキーを喜ぶ反面、何となく後ろめたさを感じていた。それは多分、この場に二三と一子がいないからだ。

「実は、今日あなたに来ていただいたのは、大事なお話があるからなの」

デザートが運ばれてから、真琴は本題を切り出した。

「今度、佃地区に新しいお店を出すことが決まったの。オーナーさんとあれこれ話し合った結果、創作料理の店に決まったんだけど、万里君、あなた、その店をやってみない？」

「へ？」

突然の思いがけない提案に、万里は単なる驚きを通り越して唖然《あぜん》とした。

「俺が？」

真琴は小鳥を狙う鷹《たか》のような目で万里を見据え、ゆっくりと頷いた。

「あなたの料理を二度いただいたけど、大したものだと思ったわ。レパートリーが広いし、味付けのセンスも良い。それに、仕上がりもなかなかきれいだし。充分、料理人としてやっていける実力よ」

驚きがゆっくりと身体《からだ》に浸透すると、次にはかすかな怯《おび》えが湧《わ》いた。

「いや、そんな、無理っすよ。今の店はおばちゃんたちと三人だから回せるんで、俺一人じゃ……」

「一人で経営しろなんて言ってませんよ。当然、フロアと厨房にはスタッフを雇います。あなたには彼らの上に立って、存分に腕を振るってもらいたいの」

万里の頭に、新しくきれいな厨房でフライパンを振る自分の姿が浮かんだ。その周囲では自分と同年代か、もっと若いスタッフが野菜を切ったり、皿を洗ったりしている。そしてカウンターに出来上がった料理の皿を置くと、揃いの制服を着たフロアスタッフが受け取って客席へ……。

そんなイメージに浸っていたのは、瞬きひとつするくらいの間だったろうか。万里はブルッと首を振って、まとわりつく空気を振り払った。

「いや、でも、無理っすよ、やっぱ。俺、調理師免許も持ってないし」

「調理師免許がないシェフの店でも美味しいところは沢山あるわよ。それに、あなたはもう実務経験が三年もあるんだから、ペーパーテストだけで資格を取れるわ。心配しなくても大丈夫よ」

真琴はテーブルの上に身を乗り出すようにして万里に詰め寄った。

「ハッキリ言うわ。あの店じゃ、あなたは宝の持ち腐れよ。この前『千里の馬はあれども一人の伯楽はなし』と言ったでしょ。今のあなたはその状態なのよ。あなたの実力を存分に発揮させるだけの器は、あの店にはないわ」

はじめ食堂をけなされて、さすがに万里はムッとした。しかし、真琴はいっそう言葉に熱を込めた。

「何故《なぜ》ならはじめ食堂は、名前の通り食堂だからよ。昼は食堂、夜は居酒屋。そのコンセプトに縛られているから、そこから外れるような料理は作れない。つまり、あのお店にいる限り、あなたの料理は常に制約を受ける。でも、私のプロデュースする店に行けば、なんの制約もなく、自由に腕を振るえるのよ。才能を充分に発揮できるのよ。このチャンスを逃す手はないと思わない？」

万里は真琴の熱意が目に見えない圧力となってのし掛かってくるような気がした。

「それに、あなただっていずれは自分の店を持ちたいと思っているんでしょ。今の店はあの女性二人の持ち物だし、いずれは独立するのよね。それなら、新しい店で店長をやるのは、きっと良いシミュレーションになるわ」

空気圧に押されてのけ反りそうになりながら、万里はやっと体勢を立て直した。

「すみません。ありがたいお話だと思いますけど、少し考えさせてもらえませんか」

真琴はやっと椅子に腰を落ち着け、緩やかに微笑んだ。

「もちろん、今すぐお返事をもらおうとは思わないわ。大事なことだから、よく考えてちょうだい」

そして、キラリと目を光らせた。

「でも、あまり長い間は待てないわ。店のオープンは四月を予定しているの。だから、来週中に決めてもらわないと」

万里は頭の中で素早く考えた。タイムリミットはあと七日。一週間で人生の重大事を決断しなくてはならないのか……。

「分りました」

万里は唾《つば》と一緒にまとめた考えを呑《の》み込んだ。

「今日はどうも、ありがとうございました」

深々と頭を下げ、帝都ホテルを後にした。

不思議なことに一歩ホテルを出ると、胃の中に収まった数々の豪華料理の味が、きれいさっぱり記憶から消えていた。


「そりゃ、願ったり叶《かな》ったり、渡りに舟、棚からぼた餅、持ってけドロボーみたいないい話じゃん」

はなが完全に予想通りのセリフを口にしたので、万里は思わず苦笑した。

「笑ってごまかすなよ。万里だっていつかは独立するつもりだったんでしょ。だったらこのチャンス、逃す手はないよ」

「でもさあ、やっぱ、おばちゃんに悪くて」

「甘いこと言ってんじゃないよ」

はなはカシラ塩を前歯で噛むと、串《くし》から抜き取った。

「おばさんたちはオーナー経営者で、万里は一介の従業員なんだよ。もっと条件の良い職場があったら移るのは当然じゃん。店の経営権譲られたわけでもないしさ」

「ただ さあ、単に経営者と雇われ人って言われると、そうすっきり割り切れないんだよね。少なくとも、遠い親戚よりはずっと親密だし」

万里は白モツに齧《かじ》り付いた。二人とも白モツは断然タレ派だ。

「遠い親戚なんて、赤の他人と同義語だよ」

二人がいるのは上野のモツ焼き屋で、万里は真琴と別れた後、一人で映画を観《み》てからはなに電話して「焼き鳥奢《おご》るから出てこない？」と誘ったら「上野までなら行っても良い」となり、二人で目についた店に飛び込んだのだった。

カウンターに座った瞬間、焼き鳥屋ではなくモツ焼き屋だったことに気が付いたが「私、モツ焼き大好き！」で問題なかった。

「まあ、明日になったらおばちゃんたちに話してみる」

「止《や》めなよ、バカだな」

二十歳そこそこのはなにポンポン言われるのが、最近万里は快感になってきた。

「どうして？　あの話、まだ受けるって決めたわけじゃないよ」

「だからだよ」

はなはタン塩に手を伸ばした。

「万里の決心がついてるなら話しても良いと思うけど、まだなら絶対に止めなよ。人間関係気まずくなるから」

はなは豪快にビールのジョッキを傾けてから言った。

「受けるって決めたんなら、後は割り切って条件話し合えば良いし、受けないって決めたんなら、茶飲み話に出来る。でも、迷ってる段階でそんなこと聞かされたら、おばさんたち疑心暗鬼になるよ、きっと。結果、どっちに転んでもこれまでと同じような関係ではいられなくなると思うよ」

万里はつくづく感心した。

「はな、お前、ホント人間出来てるよな」

「苦労してるからね」

はなはさらりと言ってのけた。万里は以前、はなの実家が倒産寸前だと聞かされたことを思い出し、胸が疼《うず》いた。

その万里の顔を見て、はなはクスリと鼻で笑った。

「苦髪楽爪《くがみらくづめ》って言ってね、苦労すると髪が伸びて、楽すると爪が伸びるんだって。うちの猫たち、爪伸びるスピードすごいんだ。そんでもって私は、髪の毛伸びるの速いんだよ」


翌日の月曜日、少し早めに出勤した万里は、はなの忠告に逆らって、スカウトの話を打ち明けてしまった。

「正直、俺、迷ってて、まだ決めてない。こんな段階で話をするのは、おばちゃんたちには迷惑かも知れないけど、やっぱ、黙ってられなくて。だって、俺が話す前に、どっかからその話が耳に入ったら、二人ともすごいイヤな思いするだろうし……」

二三も一子も万里が話し終るまで、一言も口を利かずにじっと耳を傾けた。その顔は穏やかで落ち着いていて、まるでこの話を前もって予測していたかのようだった。

「まずはおめでとう、万里君。スカウトされるなんて、すごいことよ」

先に口を開いたのは一子だった。

「私もお姑さんも、長瀬さんが電話してくれって言うのを聞いて、こんなことになるような気がしていたの」

「正直に話してくれて嬉しいわ。ありがとう」

万里は何とも忸怩《じくじ》たる思いだった。自分はこの二人を見くびっていたと思う。どちらも人生経験豊富な職業婦人だ。隠したところで全てお見通しだろう。

「あなたの一生の問題だから、よく考えて決めてね」

「それと、長瀬さんの話だけじゃなくて、そのお店のこともちゃんと調べた方が良いと思うわ」

「うん。そうする」

そして、一子がこの話を締めくくった。

「どっちに決めてもあたしもふみちゃんも賛成よ。万里君を応援するわ。だから、悔いが残らないように、ね」

万里は頷いた。目が少し潤んでいた。

それを見て、二三の胸にも込み上げる思いがあった。

この三年あまり、嫁と姑と娘の同級生の三人で、良い具合にやってきたはじめ食堂。それはもう終ってしまうのだろうか？

第三話——春の押し寿司

「雛祭《ひなまつ》りって言えば、やっぱりハマグリよね。潮汁《うしおじる》」

「そうねえ。後はちらし寿司《ずし》とか」

「他には菱餅《ひしもち》に雛あられ、白酒か……」

二三《ふみ》が腕組みをして考え込むと、万里《ばんり》がパチンと指を鳴らした。

「鯛《たい》は？　桜鯛とか言うじゃん」

「……鯛か。ランチには予算的に難しいわね。出来るとすれば炊き込みご飯かしら？」

「良いんじゃないの。炊き込みご飯にすれば一尾で三合は作れるわよ」

一子《いちこ》は乗り気になっているようだ。

「でも、鯛飯はお釜《かま》にデンと鯛が載ってるとこ見せないと、もったいないでしょ。ランチでそんな演出は出来ないもん。やっぱり春のムードのちらし寿司にして、夜に回した方が……」

「まあ、それもそうね。夜なら塩焼きも出来るし、頭と骨でお吸い物も作れるし」

「ねえ、煮付けは？」

「あれは金目鯛《きんめだい》」

「あ、そうか」

二三と一子、万里が知恵を絞っているのは、雛祭用のメニューだった。

今年は〝平成《へいせい》最後の雛祭〟だというのに三日が日曜に当たっている。そこではじめ食堂では一日に前倒しで、昼と夜に特別メニューをサービスすることにしたのだ。

「そうだ、おばちゃん、鯛の中華風姿蒸しは？　珍しいし、見た目ゴージャスだし、美味《おい》しいし、手も掛かんないよ」

万里はもう一度パチンと指を鳴らした。

二三と一子は思わず視線を宙に彷徨《さまよ》わせ、ずっと昔に食べたことのある「白身魚の中華蒸し」の姿と味を思い浮かべた。

「昔、横浜の中華街でイシモチの姿蒸しを食べたわ。……美味しかった」

一子が呟《つぶや》くと、二三も感慨深げに溜息《ためいき》を漏らした。

「私もバブルの頃《ころ》、接待で行った銀座の高級中華料理屋で石鯛の蒸し物食べたっけ。あのひと皿の値段でうちのランチ、一週間食べられたのよねえ」

「は～い、想《おも》い出《で》に浸るのはそこまで。おばちゃんたち、現実に戻ろう」

万里はパンパンと手を叩《たた》いた。

「せっかくの雛祭ディナーだから、鯛の姿蒸しはイケると思うんだ。養殖の鯛ならそんなに高くないし、下ごしらえは魚政《うおまさ》のおじさんに頼んじゃえばいいしさ」

二三と一子は万里に尊敬の眼差《まなざ》しを向けた。

「万里君は、偉いわねえ」

「本当に。魚を食べられないのに、よく中華風の蒸し物なんて思い付いたわねえ」

「ま、一応プロの料理人っすから」

万里は偉そうに胸を張ったものの、内心忸怩《じくじ》たるものがあった。実は〝鯛の中華風姿蒸し〟を思い付いたのは、フード・コーディネーターを名乗る謎《なぞ》の美女・長瀬真琴《ながせまこと》に高級中華料理店でご馳走《ちそう》になった際、その料理が出てきたからだ。魚がまったく食べられない万里は箸《はし》をつけずにパスしてしまい、そのせいで見た目と香りの印象が強く残っていたのだ。

「お客さんの目の前で熱い油を掛けると、ジュッて音がして、ゴージャス感上がるよ」

「そうよねえ。ホントはピーナッツ油使いたいけど、サラダ油で良いか」

「少しゴマ油混ぜるのも良いと思うわ。香りが良いから」

「合わせる野菜は生姜《しょうが》と長ネギ。それに今の時季だから、香菜《シャンツァイ》も入れましょう」

雛祭のメニューは順調に決まっていった。

数日前、万里は長瀬真琴から新しく開店する創作料理店の店長にスカウトされた。一週間で決めて欲しいと言われたが、それではあまりに性急なので、三月十一日まで返事を待ってもらった。

そして迷った末に、二三と一子にその件を打ち明けた。未《ま》だ気持ちは決まっていないが、どちらの決断をしたとしても、こんな大事なことを二人に黙っているのは、背信行為のような気がして耐えられなかったのだ。

そんなことがあってからも、二人の態度は以前と少しも変らない。妙な遠慮も屈託もなく、開けっぴろげでざっくばらんなままだった。

万里ははじめ食堂にいると、あのスカウト話が現実だったかどうか、あやふやになった。しかしはじめ食堂を離れると、約束の期限が否応《いやおう》なく迫ってくるのを感じるのだった。


「あらあ、カワイイ！」

「ホント、雛祭って感じ！」

三月一日、金曜のランチに訪れたOLたちが歓声を上げた。

「平成最後の雛祭に相応《ふさわ》しく、菱餅のイメージでカラフルにしてみました」

二三は本日の日替わり定食「雛ちらし」を指さした。

焼き鮭《じゃけ》のほぐし身と煎《い》りゴマを混ぜた酢飯に茹《ゆ》でた根三つ葉、錦糸卵《きんしたまご》、そして刻み海苔《のり》をトッピングしたちらし寿司は、ピンク・黄色・緑の三色の彩りが美しい。根三つ葉の香りは春の呼び声だ。

そして、吸い物は出血大サービスで、ハマグリの潮汁。小鉢は築地《つきじ》場外にある花岡《はなおか》商店自慢の利休揚《りきゅうあ》げとマカロニサラダ。漬物は一子手製のキュウリとカブの糠漬《ぬかづ》け。これに生野菜サラダが付いて七百円だ。

ちなみに、本日の日替わりのもう一品は豚の生姜焼き。焼き魚はサンマ開き、煮魚はカラスガレイ。他にトンカツ定食と海老《えび》フライ定食（これだけは千円）がある。ワンコインメニューはスープ春雨《はるさめ》。お持ち帰りメニューはおにぎり二個セットと、かんぴょう巻きとカッパ巻きのセット。お値段はどちらも百五十円。いずれも手作りでお買い得だ。お客さんも分っていて、売れ行きは良い。

「まさに、春の香りですねえ」

ランチのお客さんの波が引いた一時十五分、店に現れたご常連の三原茂之《みはらしげゆき》は、目を閉じてうっとりと三つ葉の香りを吸い込んだ。

「それにハマグリの潮汁なんて、無理しちゃって大丈夫？　ホンビノスで良かったのに」

同じくランチの常連・野田梓《のだあずさ》も、潮汁をすすって溜息交じりに言った。汁に溶け出したハマグリの旨味《うまみ》は、塩以外の調味料を必要としないほどだ。はじめ食堂ではほんの少し酒を入れているが。

「野田ちゃん、ホンビノス、バカに出来ないわよ。結構美味しいから」

「あら、それは失礼しました」

ホンビノスはその形状から「白ハマグリ」「大アサリ」と呼ばれていたが、近年流通ルートに乗り、広く知られるようになった。旨味が濃く、砂抜きしなくても良い出汁《だし》が取れるので、日本料理店でも積極的に使い始めている。

「夜も雛祭の特別メニューを出すんですか？」

「はい。お時間があったら、三原さんもお寄りになって下さい。珍しいものを出しますので」

一子が答えると、三原は残念そうに顔をしかめた。

「それが、今日の夜はどうしても顔を出さないといけない集まりがあるんですよ」

一子と二三は素早く目を見交わした。

「明日の夜も雛祭メニューをお出しする予定なんです。よろしかったら、いらして下さい」

「へえ。それは嬉《うれ》しいな。伺います……ええと、六時頃」

梓も頬《ほお》を緩めて続けた。

「あたしもお邪魔するわ。明日は店、休みだし」

「まあ、嬉しいこと。お待ちしてます」

二人が帰ると、賄いが始まる。

二三と一子はもちろん雛ちらし定食だが、魚の食べられない万里は生姜焼きを作った。

「ねえ、万里君」

二三に真正面から見られて、万里は一瞬ドキッとした。もしかして、スカウトの件では……？

「白身魚の中華蒸しなんだけど、お一人様用に切り身でもやってみない？」

万里は思わず全身の力が抜けそうになったが、何とか持ちこたえた。

「それは良い考えね。確かに、魚一尾だと何かのイベントとか、何人かでご予約をいただかないと難しいけど、切り身ならお一人でも気楽に注文していただけるものね」

「でしょ？　魚を焼いたり揚げたりする店は多いけど、居酒屋で中華風の蒸し物を出す店って少ないと思うのよね。お客さんも新鮮に感じてくれるんじゃないかしら」

二三と一子のやりとりを聞きながら、万里は何故《なぜ》か肩のこわばりがほぐれ、全身がじんわりと温かくなるような気がした。

まるで温泉みたい……。俺、ホントにこの温泉から出て、やっていけるんだろうか？

「万里君、今日のお土産《みやげ》、ちらし寿司と煮魚ね。それと、利休揚げとマカロニサラダも持ってって」

そんな万里の揺れ動く心を知ってか知らずか、二三はいつものように屈託のない声で言った。

万里が自宅へ帰るのと入れ替りに「アップタウン」の編集者・高石《たかいし》いずみが店を訪れた。

「こんにちは。お邪魔します」

手土産に差し出したのは月島《つきしま》の「ハニームーン」の食パンとコッペパンだった。

「うちの分も買ったんです。私もすっかりファンになっちゃいました」

「ありがとうございます。ちょうど買いに行こうと思ってたところだったんですよ」

「さあ、どうぞお掛け下さい。今、お茶を淹《い》れますね」

「いえ、どうぞお構いなく。すぐ失礼しますから」

いずみは遠慮して顔の前で片手を振った。

「今日、お伺いしたのは、一子さんにお願いがありまして」

「あら、何でしょう？」

一子はいずみの向かいの席に腰を下ろした。

「ご主人の昔のお弟子さんたち……西一《にしいち》の大将の西さんも、ラビリンスの富永《とみなが》シェフも、皆さんはじめ食堂と一孝蔵《にのまえこうぞう》さんについて、快く想い出を話して下さいました。それで、いっそのこと、西大将と富永シェフと一子さんの三人で、座談会をしていただけないかと思いついたんです」

「まあ」

いずみはテーブルに身を乗り出すようにして一子を見つめた。

「最初にお話しした通り、私も編集部もこの本をグルメ本にはしたくないんです。はじめ食堂という地元に根ざしたお店を通して、町を彩った人と人との繋《つな》がりや、町の移り変りを文章で刻む、そんな本が作りたいんです。お三方に登場していただければ、佃《つくだ》の町を知らない人たちもきっと、はじめ食堂を身近に感じていただけると思いました。お願いできないでしょうか？」

一子は少しのためらいも見せずに頷《うなず》いた。

「私は異存ありません。もし、お二人が承知してくれるなら、喜んでお引き受けしますよ」

「ああ、良かった！」

いずみは胸の前で両手を組み合わせ、拝むようなポーズを取った。

「これからお二人に連絡して、日にちを確認して参ります。こちらもラビリンスも日曜定休なので、日曜日にお願いすることになるとは思いますが」

そして「西大将は社長の座をお弟子さんに譲って会長になったので、時間は自由になると仰《おっしゃ》ってました」と付け加えた。

席を立とうとしたいずみを、二三が呼び止めた。

「実は、こちらも一つお願いがあるんですが、よろしいでしょうか？」

いずみは怪訝《けげん》そうに瞼《まぶた》をパチパチさせたが、すぐに大きく頷いた。

「はい。私で出来ることでしたら、何なりと」

「この方のこと、調べていただけませんか？」

二三は万里から見せてもらった名刺のコピーをいずみに渡した。

「この方が手掛けたお店が今までにどれくらいあるか、業績はどうか、その二つが知りたいんです。こちらの事情で、理由は申し上げられないんですけど」

いずみはじっと名刺に目を落とし、やがてゆっくり顔を上げた。

「店舗情報に詳しい編集者がいるので、訊《き》いてみます。そんなに時間は掛からないと思いますが、分り次第ご連絡いたします」

いずみが店を出て行くと、一子は二三に問いかけるような目を向けた。二三が黙って見返すと、一子も納得したような顔で頷いた。

万里が長瀬真琴に新店舗の店長にスカウトされた一件は、はじめ食堂にはもちろん、万里の一生を左右するかも知れない重大事だが、今は真琴の話を一方的に聞かされただけで、真意も分らない。まずは相手の事業内容を確かめる必要があった。

確かな情報を得た上でなら、万里がはじめ食堂に残るのも、離れるのも、本人の気持ち次第だ。

本来ならこうした件は出版社に勤める娘の要《かなめ》に頼むのだが、二三も一子も、趨勢《すうせい》が決まるまでは万里のスカウト話を要の耳に入れたくなかった。

「もし万里君が出て行くことになったら、今までの働きに感謝して、気持ち良く送りだそうね」

言葉に出さなくとも、二人の気持ちは同じだった。

鱗《うろこ》と内臓を取り、きれいに下ごしらえした鯛に酒と塩で下味をつけたら、皿に載せて蒸し器に入れ、強火で十分ほど蒸す。蒸し上がった鯛にタレを掛け、長ネギと生姜の千切りをドッサリ盛って香菜を飾ると、万里は湯気の立つ大皿をカウンターに置いた。

「さあ、ここからが見所だからね」

ご常連の四人……辰浪康平《たつなみこうへい》、山手政夫《やまてまさお》、後藤輝明《ごとうてるあき》、菊川瑠美《きくかわるみ》は息を詰め、瞳《ひとみ》を凝らして大皿の上を見つめている。

万里はゴマ油の香ばしい匂《にお》いを発するフライパンを片手にカウンターを出ると、熱い油を皿全体に掛け回した。

ジュッという小気味よい音が響く。と、野菜類がしんなりと身を縮め、タレの香りが際立った。

「……」

四人とも声にならぬ声を上げ、溜《た》めていた息を漏らした。

「はい、どうぞ」

万里は四人の反応の良さに自慢心をくすぐられ、鼻高々だ。

「すごいなあ。はじめ食堂で鯛の姿蒸しが食えるとは思わなかったよ」

「康平さん、俺の実力、なめてない？」

「いや、畏《おそ》れ入りました」

「皆さん、よろしかったら取り分けますよ」

二三はスプーンとフォークを使って、手早く四人の皿に蒸し物を取り分けた。

「ああ、良い香り。ゴマ油と醤油《しょうゆ》って鉄板よね。ネギ、生姜、香菜は素材のゴールデントリオよ」

瑠美は忙しく箸を動かしながら言った。骨を除くのももどかしそうだ。

「養殖もこうやって料理すると、臭《にお》いが気にならないな」

山手が鯛の身を口に入れてから、感心した顔で言った。

「このタレ、美味《うま》い。ご飯に掛けて食べたら最高だ」

後藤はたっぷりと鯛にタレを絡ませて呟いた。醤油とオイスターソースを混ぜただけだが、熱いゴマ油の力で化学反応が起き、ダイレクトに食欲をそそる香りに生まれ変わっている。

「よろしかったら白いご飯お持ちしましょうか？」

「お願いします」

後藤が嬉しそうに答えると、瑠美も後に続いた。

「二三さん、私もご飯、お願い」

「おばちゃん、俺も」

「ふみちゃん、俺もメシくれ」

万里は嬉しそうに四人の顔を見回した。

「皆さん、今日はご飯で終りだね。酒になんないや」

「バカにすんなよ。メシの後の酒は美味いぞ」

「そうそう、食後酒ってやつさ」

言葉通り、四人は蒸し物のタレをおかずに白いご飯を食べ終えると、酒と肴《さかな》を注文してくれた。しかし、すでに腹六分目を超えたせいか、いつもの量の半分ほども進まなかった。

「今日はシメに雛祭スペシャルで押し寿司を作ったんですけど、皆さん、入らないわね?」

押し寿司という言葉に、満腹状態の四人の目がキラリと光った。

「押し寿司と言えば保存食よね」

瑠美が呟くと、康平がすぐに応じた。

「ねえ、おばちゃん、それ、お土産にしてもらえる?」

「良いですよ。明日いっぱいは保《も》ちますから」

「私も」

「俺と後藤の分も頼むわ」

「毎度、ありがとうございます」

　この押し寿司も万里のアイデアだった。昼間の雛ちらしを夜にも出す予定だったのだが
「どうせなら押し寿司にした方が、夜っぽくない？」と言いだしたのだ。

　確かに、鮭とゴマを混ぜた酢飯の間に根三つ葉、上に錦糸卵を載せて型で押すと、コンパクトになる上、切り口がミルフィーユ状で見た目も美しい。

「これならお土産にも出来るわね」

　という二三の目論見《もくろみ》は当たったが、閉店後、売上げを数えた万里の表情は冴《さ》えなかった。鯛の姿蒸しが五尾も出た割りに、売上げは上がっていない。大物を注文したお客さんが、その他の注文を控えめにするからだ。

「営業的には失敗だったかな？」

　万里が眉《まゆ》をひそめると、二三と一子は同時に首を振った。

「あら、ちっとも。新メニューのデビューとしては大成功よ。インパクト抜群だったもん」

「それに皆さん大喜びだったし」

「明日からは切り身で一人前にするから、これから売上げも伸びると思うわ」

「あの中華風姿蒸しは、一度食べたら忘れられない味よ。きっとまた食べたくなるわ」

いつものように、二人は万里の背中を押す言葉をかけてくれた。この二人の後押しがなければ、ワンコインメニューも持ち帰りも、数々の新メニューも、実現できなかっただろう。

それが分っているだけに、万里は胸がチクリと痛んだ。

この居心地の良い場所に留《とど》まりたいという思いがある反面、真琴が広げて見せてくれた新しい地図に惹《ひ》かれる気持ちも抑えきれない。新しい店、新しいスタッフ、新しい料理、新しい環境……それらの待つ新しい場所に足を踏み出してみたい。

その気持ちが膨らむごとに、胸の痛みは強くなる。もしかしてこれは良心の呵責《かしゃく》だろうかと思うと、ますます居たたまれない気持ちになるのだった。

「どう、少しは気持ちが固まった？」

長瀬真琴はグロスでぬめぬめと光る唇の口角を上げて、万里を見つめた。

「はあ、あの、まあ」

ここは清澄《きよすみ》通りにあるバー月虹《げっこう》。四人連れの客が帰ったばかりで、店には万里と真琴の他に、カップルの客がひと組だけだった。

マスターの真辺《まなべ》は、客の邪魔にならないように、カウンターの奥でグラスを磨いている。

真琴の前にはウイスキーのグラスと水が置かれていた。

「ブッシュミルズ、ストレート」という注文の仕方は格好良かったが、万里にはその酒がアイリッシュウイスキーだということさえ分らなかった。ただ、本当はシンガポールスリングを注文したかったのだが、軟弱な酒を頼むと軽蔑《けいべつ》されそうな気がして、ブッシュミルズのソーダ割りにした。

今日の午後、真琴からスマホに「今夜、店が終った後で少し話がある」というメールがあり、月虹で落ち合うことにしたのだ。

「まあ、良いわ。十一日まで時間はあることだし」

真琴はブリーフケースから書類封筒を取り出すと、中の紙をカウンターに広げた。

「接客スタッフの制服候補。万里君はどれが良いと思う?」

キャップとお揃《そろ》いの上下、白いシャツに黒のパンツとソムリエエプロンなど、数種類の制服がイラストになっていた。

「お店のイメージはスペインのバルを狙《ねら》ってるのね。だから、こんな感じが良いとは思うんだけど」

真琴は有力候補のイラストを万里の前に押しやった。

手に取ってじっと眺めたものの、正直、どれが良いか分らなかった。万里はこれまで、飲食店に入って店員の制服を気にしたことはなかった。気になるのは味と値段と接客態度だけだった。

はななら、一発で選んじまうだろうなあ。

万里はふと、服飾のデザイン学校に通う桃田《ももた》はなを思い浮かべた。いくつも年下なのに、常に白黒ハッキリしていて決断に迷いがない。はなから見たら、何事にも迷ってばかりの自分は、きっと歯がゆく不甲斐《ふがい》ない男に映るのだろうと、またしても自分が情けなくなった。

「そんなことより、万里君にはメニュー開発、頑張ってもらわないとね。何しろ創作料理がメインだから、野菜・肉・魚・キノコがメインで、定番でも各五種類は欲しいところよ」

真琴はすでに、万里がスカウトの話を承諾すると決めているようだった。値段帯、酒のラインナップ、内装、椅子《いす》とテーブルの配置など、次々に話を進めてゆく。

万里は次々に提案されるアイデアに感心しながら、ただ頷くばかりだった。


「ああ、春らしいなあ」

三原茂之は湯気を浴びながら目を細めた。注文したのはハマグリと根三つ葉、豆腐の小《こ》鍋立《なべだ》てだ。三つ葉の香りが鼻孔《びこう》に満ちて、春の訪れを感じさせてくれる。ハマグリを噛《か》みしめれば、濃い磯《いそ》の旨味が口の中に広がる。まさに春の鍋だった。

土曜の夜、三原と梓も「雛祭スペシャル」を味わうべく、はじめ食堂を訪れた。

「貝はやっぱりアサリとシジミ、ハマグリが三大傑作だと思うわ。旨味の凝縮度がすごいもの」

梓も鍋に顔を近づけて、三つ葉の香りを吸い込んだ。

「あたし、西洋人がホタテとムール貝ばっかり食べるのは、結局、磯の旨味があんまり好きじゃないからだと思うのよね。だって、アサリやシジミに比べると味が薄いでしょ？」

梓の言葉に、二三と一子、万里の三人は「そうかも知れない」と頷き合った。

「そういや、康平さんがいつも『フランス人が生牡蠣《なまがき》に白ワインを合わせるのは日本酒を知らないからだ』って言ってたでしょ」

万里が白身魚の中華蒸しの準備をしながら言った。

「この前、歯医者の待合室で『美味しんぼ』読んでたら、同じこと書いてあって、ビックリ。康平さん、正しかったんだ」

「別に『美味しんぼ』に書いてなくたって、生ものに日本酒が合うのは常識よ」

二三は当然のように言ったが、実はバブルの頃は接待費使い放題だったので、和食でも高い白ワインばかり飲んでいたのだ。

「三原さん、野田さん、もし良かったらシメに、お鍋のおつゆで卵雑炊《ぞうすい》をこしらえましょうか？」

一子がカウンターの隅から声をかけると、二人は「是非！」と言ってから、黒板の品書きに目を転じ、悩ましげに眉をひそめた。

「でも、今日は押し寿司もあるんですよね」

「雛ちらし、美味しかったからなあ……」

一子はニッコリ笑って二人を見た。

「お土産になさいますか？　押し寿司ですから、明日まで充分に保ちますよ」

二人とも、パッと目を輝かせた。

「それでお願いします」

「あたし、明日のお昼にするわ」

万里が熱したゴマ油を魚の皿に掛けた。ジュッという音がカウンターから客席に流れ、良い香りが漂った。

「お待ちどおさま。白身魚の中華風蒸し物です」

今日は生鱈《なまだら》の切り身を使い、一人前ずつ皿に盛って供した。これなら一人でも食べられる。

「ああ、美味そうだ」

「焼き魚と煮魚はあるけど、蒸したのって珍しいわよね」

箸を伸ばした二人が「美味い！」を連発したことは言うまでもない。

「これは夜の定番になりそうですか？」

「はい。万里君のお陰で、評判になりまして」

「それは良かった。また夜にお邪魔したら、絶対に注文しますよ」

「三原さんが太鼓判押してくれたんだから、大したもんよ」

梓が万里に向って言った。三原は帝都《ていと》ホテルの元社長で、今も特別顧問として経営に携わっている。一流ホテルで一流の料理を提供してきた人の太鼓判だから、重みが違う。

万里は照れくさそうに、バンダナの上から頭をかいた。

「半分はおばちゃんのアイデアですよ。俺、姿蒸ししか考えてなくて、切り身の発想なかったから」

「あら、私とお姑《かあ》さんはそもそも、中華風蒸し物なんて考えたこともなかったもん。万里君のお手柄よ。ねえ」

一子も笑顔で言い添えた。

「万里君は発想が柔軟だわ。前に食べ物屋さんでバイトした経験も、全部身になってるのね」

二三と一子に褒められると、またしても万里の胸はうずき始めた。

週明けの月曜日の午後二時近く、昼営業の看板を下ろし、賄いタイムに突入したはじめ食堂は、いつもの顔ぶれでにぎわっていた。

万里の同級生でショーパブで働くニューハーフのメイこと青木皐《あおきさつき》、仕事仲間のモニカとジョリーン、ひょんなことからはじめ食堂に出入りするようになった桃田はな。この四人が来ると店の平均年齢は一気に下がり、華やかさがぐんとアップする。

その上、テーブルの上も華やかだ。毎回残った料理をバイキング形式で出しているので、日替わりから煮魚、焼き魚まで、何種類もおかずが揃う。今日のラインナップは日替わりがベトナム風オムレツとハンバーグ、焼き魚が鯵《あじ》の開き、煮魚はサバの味噌煮《みそに》。ワンコインメニューはスパゲティ・ミートソース……麺《めん》は茹で置きだが、オリーブ油を絡ませてあるのでくっつかない。小鉢は白滝とタラコの炒《い》り煮、キャベツのペペロンチーノ。

「ああ、月曜日が待ち遠しかったわあ」

「うちの近所にあったら、毎日来ちゃうんだけど」

メイたちの休みは月曜日で、他の日は忙しくて来られない。

「私たち、一週間分の栄養をここで補給しているみたいなもんよ」

ニューハーフ三人はバイキングのお礼のつもりか、いつも大袈裟《おおげさ》なくらい褒めてくれる。社交辞令と分っていても、二三も一子も万里も、嬉しくなって頬が緩む。褒められて嬉しくない料理人はいない。もっと美味しい料理を作ろうという気持ちが湧《わ》いてくる。

「おかずはもちろんだけど、おばちゃんの店はご飯と味噌汁とお新香が美味しいのが素晴しいわ」

豆腐とワカメの味噌汁を一口飲んで、メイが感に堪《た》えたように言った。お祖母《ばあ》ちゃん子で味噌汁好き、いつか味噌汁の店を開きたいという夢を持っているのだ。

「そう言えばおばちゃん、『アップタウン』の取材、進んでる？」

スパゲティをフォークに巻き付けながらはなが訊いた。

「すげえよ。今度おばちゃんと西一の大将とラビリンスの富永シェフの三人で、座談会やるんだって」

二三が答える間もなく、万里が口を挟んだ。

「ほんと？　すごいじゃん」

はなが目を丸くすれば、ニューハーフ三人も興奮に鼻息を荒くした。

「西一の大将って、前にテレビに出てた人よね？」

「ラビリンスって、六本木《ろっぽんぎ》の？」

「どうしてそんな高級店のシェフとおばちゃんが知合いなの？」

一子は面映《おもは》ゆそうな顔でチラリと二三を見た。

「お姑さんのご主人がお店をやっていた時代の、お弟子さんですって」

二三が答えると、四人とも仰《の》け反《ぞ》りそうになった。

「えええッ！」

「マジッ⁉」

「この店、昔はすごかったんだよ。おばちゃんのご主人、あのムッシュ涌井《わくい》の先輩でさ。お陰で俺、涌井シェフの料理ご馳走になっちまったよ」

最初はビーフシチュー、次はビーフステーキ。ただ単に美味いだけではなく、歴史と伝統の重みを感じる味だったと思う。

「信じらんな〜い！」

「うっそーッ！」

「俺、写真見たけど、孝蔵さん、すげえイケメンなの。若い頃のおばちゃんと並ぶと、昔の映画スターみたい。オーラ出まくり」

四人の視線は一斉に一子に向けられた。

「いやあねえ、恥ずかしいわ」

一子は苦笑したが、四人の瞳に浮かぶのは賞賛だった。

「何となく、納得」

「おばちゃんのご主人だもんね」

一子は遠くを見る目になって、ゆっくり首を振った。

「うちの人は自分で言ってたわ。俺は優秀な料理人だ。でも涌井と亘《わたる》は天才だって。あの二人は次元が違う……」

そして懐かしむように微笑《ほほえ》んだ。

「それにもう一つ、いつも言ってた。料理に正解はないって。うちの人が亡くなった後、息子と二人で家庭料理の店を始めたら、自分の家でご飯食べてるみたいでイヤだという人もいれば、だから良いって言ってくれる人もいて、何とか今日までやってこられた……。料理に正解がないからだと、つくづく思うのよ」

万里は素直に心を打たれた。

正解のない料理の世界……自分はそこで答を求め続けることが出来るのだろうか？

はなとメイたちが引き上げ、後片付けが始まったとき、遠慮がちに入り口の戸が開いた。

「……ごめん下さい」

「はい」

二三はカウンターから出て戸口に向った。

外に立っているのは、小さな花束を手にした男性だった。小柄だがピリリと引き締まった感じで、カシミヤのセーターに趣味の良いジャケットを合わせている。六十代前半に見えるが、本当はもっと高齢かも知れない。

「突然お伺いして、申し訳ありません。私は……」

男性は上着のポケットに手を入れ、名刺入れを取り出した。

「亘君？」

一子がタオルで手を拭《ふ》きながら出てきて、男性の前に立った。

「奥さん、お久しぶりです。すっかりご無沙汰《ぶさた》しておりました」

男性が深々と頭を下げた。

「良く来てくれたわね。懐かしいわ」

一子は二三と万里を振り返った。

「ラビリンスの富永亘さんよ。え〜と、二十五年ぶりかしら」

「タウン誌の人から奥さんと西さんの話を聞きましてね。そうしたらあの頃が懐かしくて、もう矢も盾もたまらなくなって、のこのこ来てしまいましたよ」

富永は手に持った花束を差し出した。

「親方のご仏前に」

「ありがとう」

二三は気を利かせて二人に椅子を勧め、一子から花束を預かった。

「お花、ありがとうございます。二階の仏壇に飾ってきます。どうぞごゆっくりなさって下さい」

「いえ、すぐ失礼します」

「ゆっくりしてちょうだいよ。今、お茶を淹れるから」

チラリとカウンターを見遣《みや》ると、すでに万里が急須《きゅうす》にポットの湯を注いでいるところだった。

「高《たか》の奥さんのふみちゃんと、若頭の万里君。今はこの三人でやってるのよ」

富永は赤白チェックのビニールのテーブルクロスをそっと掌《てのひら》でなでた。

「変らないですね。昔のままだ」

「テーブルクロスだけはね。今は昔みたいな本格的な洋食は出していないの。家庭料理が中心で、夜は居酒屋よ」

「それは良い。奥さんの作る味噌汁とお新香は美味しかったから」

富永はぐるりと店内を見回した。

「私が昔の自分を一つだけ褒めてやりたいのは、修業の最初の店にはじめ食堂を選んだことです。ここで、親方の下で働いていなければ、今日《こんにち》はありませんでした」

「それを聞いたら、うちの人が喜ぶわ。でも、亘君はどこへ行っても頭角を現したと思いますよ。あの人、あなたのこと天才だって言ってたもの」

富永は首を振った。

「私は井の中の蛙《かわず》でした。はじめ食堂を離れて思い知らされましたよ」

富永はテーブルクロスに目を落とした。

「はじめ食堂にいた頃、親方には好き勝手やらせてもらいました。失敗も沢山あったはずなのに、親方は私を萎縮《いしゅく》させるようなことは決して仰らなかった。いつも背中を押してくれました。はじめ食堂で親方と出会っていなかったら、自分の店を持ったとき、どうい方針で経営してゆけば良いか、分らなかったと思います。道を誤ってつぶしてしまったかも知れません」

目を上げたとき、富永の瞳は潤んでいた。

「また伺います。今度は西さんと二人でお目にかかれますね。楽しみですよ」

富永は一子に深く一礼してから、ゆっくりと立ち上がった。

「待ってますよ。今日はありがとう」

一子は店から外に出て、去って行く富永を見送った。

万里は自分の目にした光景を、もう一度頭の中で振り返った。

……テレビや雑誌でしか見たことのない高名なシェフが、目を潤ませて想い出を語っていた。

万里は孝蔵という人を知らない。だが、涌井シェフや富永シェフを通して、おぼろげに伝わってくるものがあった。いや、それ以上に一子の存在そのものが、孝蔵という人の心を、その生き方を伝えているのではあるまいか。

往年の店と料理の味やメニューの内容が変ったとしても、孝蔵の心は伝えられている。はじめ食堂は孝蔵の遺産だ。一子にとっては形見なのだ。

自分は本当にこの店を離れられるのだろうか？　いや、それより、新しい店の店長になったとして、はじめ食堂で働くよりやり甲斐を感じられるのだろうか？

万里はそれまで思ってもいなかった問いを突きつけられ、戸惑っていた。

その夜、例によって閉店間際に帰宅した要を交え、四人でにぎやかに夜の賄いを食べ終えた後……。

「ごめん下さい」

万里が帰宅するのを見計らったように、誰かが入り口をノックした。

「どちら様ですか？」

二三がロックを外して戸を開けると、表に立っているのは月虹のマスター、真辺司《つかさ》ではないか。

「夜分にすみません。十分ほど、お時間いただけますか？」

月虹は月曜定休なので、今日の真辺も店とは違ってラフなパーカー姿だった。

「はい、かまいませんけど」

二三は真辺を店に入れて戸を閉めた。一子も出てきて、軽く頭を下げた。

三人でテーブルに坐《すわ》ると、真辺は思い詰めた顔で切り出した。

「普通ならお客さまのプライバシーに首を突っ込む様な真似《まね》は決していたしません。しかし、今回に限り、どうしても見て見ぬ振りをすることが出来ませんで……」

真辺は一度口ごもり、更に声を落として先を続けた。

「お宅の若い方、別の店にスカウトされています」

二三と一子は顔を見合わせ、同時に頷いた。

「存じています。万里君の口から聞きました。長瀬さんという方から、新しくオープンする店の店長にならないかと誘われていると」

真辺は苦々しげに顔をしかめた。

「実は私は、あの長瀬真琴という女に見覚えがあるんです」

これから始まるのが好ましい話ではないことは、真辺の顔を見れば一目瞭然《いちもくりょうぜん》だった。

「私が銀座で店をやっていた頃、近所に親しくしていたご夫婦がいました。二人とも六十代後半で、三十代の甥御《おいご》さんと居酒屋を経営していたんです。身内だけでやっている、小さいけれど雰囲気の良い店でした。それが五年ほど前……」

甥にスカウトの声が掛かった。新しくオープンする和食店の店長にならないかという話だった。提示された条件は、現状よりずっと良かったらしい。

「簡単に言うと、彼はその話に飛びついて店を出て行きました。そして、ご夫婦は店を畳みました。空になった店舗にはすぐ別の店が入りました。前と似ているけれど、質の落ちる店です」

真辺はテーブルの上で両手を握り合わせた。

「彼を唆《そそのか》して店を辞めさせたのが、あの長瀬という女です。色仕掛けで誘惑したのだと、ご夫婦から聞かされました」

　スカウトされた甥は、新しい店の条件が聞いていた話と全然違い、人間関係の軋轢《あつれき》もあって、結局退職した。しかし、前の店に戻ろうにもすでに閉店していた。行き場をなくして、今は行方《ゆくえ》も分らないという。

「最初から、あの場所を手に入れるのが目的だったんです。自分の息の掛かった店を入れるために。だから主戦力の甥を引き抜いて、店の経営を立ちゆかなくさせたんです」

　真辺の声には抑えた怒りが籠《こも》っていた。

「彼と腕を組んで歩いているのを何度か見たことがあります。向こうはこちらのことは知らないでしょうが、私は一度見た顔は忘れません。まして、そういう経緯があったので尚《なお》更《さら》です」

　真辺は一度言葉を切り、二三と一子を等分に見つめた。

「これが普通のスカウト話なら、私も余計なことは言いません。しかし、過去が過去だけに、あの女の話には裏があると思えてならないんです」

　二三も一子も、驚きのあまり声も出なかった。はじめ食堂のような小さな店が、そんな陰謀めいた事態に巻き込まれるとは⁉

　短い付き合いだが、真辺の人柄は信用できる。わざわざ他人に嘘《うそ》を言うような人ではない。

最初の驚きが治まると、次に二人の心に芽生えたのは怒りだった。

万里のような善良な青年を、詐欺まがいの手段でだまそうとするなんて！

二三と一子は一度顔を見合わせ、互いの意思を確認すると、真辺に向き直った。

「真辺さん、お知らせ下さってありがとうございます」

二人が頭を下げると、真辺は申し訳なさそうに首を振った。

「いいえ、お知らせするだけお知らせして、私には解決方法が分りません。あの女の企みの確実な証拠でも手に入れられたら良かったんですが……。お心を乱すだけに終ってしまったら、恐縮です」

「いいえ。話して下さって助かりました」

「何も知らずに万里君を送り出していたら、取り返しの付かないことになりました」

二三が人の気配を感じて振り返ると、階段の途中に要が立っていた。化粧を落としてパジャマにカーディガンを羽織った姿だった。

「ごめん。立ち聞きするつもりじゃなかったんだけど……」

バツの悪そうな顔で謝ってから、階段を降りてテーブルに近づいた。

「その長瀬真琴って人なんだけど、スキャンダルになるよ」

「え？」

「来週発売の『ウィークリー・アイズ』に記事が出る。大物ＩＴ実業家と不倫してるって」

「ウィークリー・アイズ」は要の勤める出版社が発行している週刊誌だ。編集部に仲の良い同期の編集者がいるため、時々未発表のニュースネタを聞き込んでくる。

「ほんとに？」

「間違いない。だってネタ元が奥さんだから」

ＩＴ実業家は妻と離婚して真琴と再婚するつもりのようで、怒った妻が週刊誌にネタを持ち込んだのだった。

「まあ、男の方は前から奥さんとうまくいってなかったんで、全部長瀬って人が悪いわけじゃないけどね。ただ、一度スキャンダルが出ると、次から次に過去が暴かれるから、その人が昔関《かか》わったヤバイ話も雑誌に載るんじゃないかな」

二三は最初はホッと安堵《あんど》し、次には少し気が重くなった。

スキャンダル記事が出て真琴のダークな部分が明らかになれば、万里はスカウト話に嫌気がさすかも知れない。しかし、それはめでたい話が暗転することで、万里が自分の意志で選んだ結果とは違う。

万里君がよく考えた末にはじめ食堂に残ると決めてくれたなら、本当に嬉しい。でも、せっかくのスカウト話に裏があったというのでは、万里君が気の毒だ……。

二三は一子に目を向けた。考えていることは同じらしい。喜んで良いのか悲しんで良いのか、一子の表情からはその戸惑いと逡巡《しゅんじゅん》がほの見えた。

「万里、残念だよね。せっかくスカウトされたのに」

要の言葉は二三と一子の気持ちを代弁していた。


次の日の午後三時、高石いずみがはじめ食堂を訪ねてきた。夜営業の準備が始まる四時半まで、万里は店にいない。

「この間の件なんですけど……」

いずみは席に着くと、ショルダーバッグから書類封筒を取り出し、中の紙片に目を落とした。

「長瀬真琴さんが現在プロデュースを手掛けているのは、六本木の和食店と新富町《しんとみちょう》にあるフレンチレストラン、月島の居酒屋ですね」

二三と一子は顔を見合わせ、怪訝そうに眉をひそめた。

「あの、創作料理の店はないんですか?」

今度はいずみが訝《いぶか》しげな顔をした。

「いいえ、それは知りません。調べてもらった範囲では、この三店舗以外に手掛けている店はないとのことでしたが」

いずみは資料を見ながら先を続けた。

「どの店も四月初めにオープンの予定で、準備は着々と進んでいるみたいですね」

「あのう、店長はもう決まってるんですか？」

「はい。和食店の方は同じ六本木の和食店で働いていた料理人が独立して始める店ですし、フレンチレストランと居酒屋は、別の店から引き抜いた料理人が店長になるそうです」

居酒屋の店長は万里とは別人だった。

いずみの報告を聞いた二三の心の中で「やっぱり」と納得する思いと、「よくも」という怒りが交錯した。

「実は長瀬真琴さんという方、評価が分かれてるんです。とてもやり手で優秀だって褒める人と、やり方が強引でトラブルメーカーだって非難する人と……」

いずみは周囲に人がいないのを確かめるように店内を見回した。

「確かに、彼女が手掛けて大成功している店もあるんです。その反面、一年以内に閉店してしまった店も少なくありません。中にはご近所とトラブルになったり、前の店主に訴えられたりした店もあります」

「訴えられたって、どういう内容ですか？」

「それが……婚約不履行で」

いずみは言いにくそうに答えてから、付け加えた。

「ただ、この件は結局、原告が訴えを取り下げました。実際は弁護士に説得されて諦《あきら》めたみたいですね。婚約不履行となると、確実な証拠でもないと、口約束だけでは立証が難しいですから」

前の日に真辺から聞かされていたので、真琴が目的のためなら色仕掛けも辞さないことは承知していたから、今さら驚くには当たらない。しかし、お近づきになりたくない気持ちは一層強くなった。

「本当に、一筋縄では行かない人ね。半分からは非難され、半分からは高く評価されている……」

一子が半ば感心したように言うと、二三が後を引き取った。

「まあ、仕事となったらきれい事だけじゃやっていけないのかも知れないけど、うちとしては関わり合いになりたくない人よね」

「まったくだわ」

いずみは好奇心を抑えかねたように尋ねた。

「あのう、一さんはこの女性と何か関わり合いでも？」

二三と一子は胸の前で両手を合わせ、声を揃えた。

「ごめんなさい。今は言えないの」

いずみは苦笑を浮かべて「しょうがないですね」と応じた。

「それでは日曜日の座談会の件にはいります。え～と……」

今度は手帳を取り出して頁《ページ》を繰った。

「三月十日の午後二時から、こちらの食堂で始めさせていただきます。西さんと富永さんは、十五分前には伺うと仰っていました。お時間は一応、二時間を予定しております……」

一子の隣でいずみの説明を聞きながら、二三はどうしたら万里を傷つけずに真琴を遠ざけられるか、そのことを考えていた。


「へえ、亮《りょう》ちゃんと亘君が来るのか？　懐かしいなあ」

一子から日曜日の座談会の話を聞いた山手が目を細めた。

「政さんも遊びにいらっしゃいよ。四時頃には終るはずだから」

一子はカウンターの奥の椅子に座って微笑んだ。

「おじさんは二人と知合いなの？」

ワケギと独活《うど》と青柳《あおやぎ》のぬたを口に運んだ辰浪康平が訊いた。目の前には新作のガーリックバター新玉、ハマグリと根三つ葉の小鍋立てが並んでいる。いずれも季節感満載の、本日のお薦め料理だ。

「知合いってほどでもないけどさ。あの頃も親父《おやじ》とよく店に通ってたから、顔見知り程度にはな」

「二人とも政さんのことはよく覚えてるわよ。何しろ一番のご常連だったもの。魚政のおじさんと、康ちゃんのお祖父《じい》さんもね」

辰浪銀平《ぎんぺい》も孫と同じく、はじめ食堂に全国から集めた銘酒を卸してくれたものだ。

「おばちゃん、雪《ゆき》の茅舎《ぼうしゃ》ちょうだい」

生ビールのジョッキを干して康平が言った。

「ああ、ホントにここの料理は季節感あるよなあ。俺、自分ちで独活食った記憶ないもんね」

「最近の若い奴《やつ》は味覚が子供なんだよ。ちょっと苦いと敬遠する。独活はこの苦みが美味いんだってのに」

独活のベージュ、ワケギの緑、青柳のオレンジを黄色い辛子《からし》酢味噌で和《あ》えたぬたは、春の味覚と視覚の饗宴《きょうえん》だ。しかし、独活の収穫量は年々落ちる一方だ。

「スーパーで売ってるゴーヤチャンプルーのゴーヤ、全然苦くない。どこが苦瓜《にがうり》なんだろう」

独り言のように呟いたのは後藤だ。

「それにしてもこの玉ネギ、美味いな」

後藤が食べているのは新玉ネギを厚めの輪切りにして、フライパンで焼いてバターとガーリックと醤油をかけただけの料理だが、新玉ネギのとろける食感と甘味に、バター・ガーリック・醬油のゴールデントリオが合体し、箸が止まらない逸品になる。

「新玉ネギとスモークサーモンのサラダ、下さい」

珍しく後藤が自分からリクエストした。このサラダも新玉ネギの季節しか出さない。新玉ネギの甘さと柔らかさが消えると、まるで別の料理になってしまうからだ。

「亮ちゃんが店にいたのは四年ほどかなあ。いっちゃんの実家のラーメン屋さんに行ったんだったっけ？」

「ええ。実家で三年間修業して独立したの。今じゃ西一っていえば有名だけど、最初の頃は苦労もあったみたい。まあ、弱音を吐かない子だったから、詳しいことは聞いてないけど」

「亘くんは三年くらいかな？」

「そう、そのくらいね」

「あの子は傍《はた》から見てても、ものが違ったよな。キビキビしてて、動きに無駄がなくて。やっぱり天才なんて呼ばれるやつは、最初から出来が違うんだなあ」

山手が昔のはじめ食堂を、そして若かりし頃の自分の姿を思い出している様子が伝わってきて、二三は少し切ない気持ちになった。

出会いと別れを積み重ねて人は生きて行く。老いるとはその感慨が深まることだ。老いを意識する年齢になって、二三はそのことを実感していた。

「はい、お待ちどおさま。白身魚の中華蒸し。今日は鱈ね」

万里が三人の前に蒸し物の皿を置いた。湯気が立ち上り、ゴマ油の香気が漂ってくる。

三人とも鼻の穴をヒクヒクさせながら皿に箸を伸ばした。

「康ちゃん、シメは小鍋立ての汁で卵雑炊にしようか？」

「たのんます。それとおばちゃん、また押し寿司やってよ。あれなら土産に出来るし」

「お安いご用よ」

一子が二三をふり向いた。

「押し寿司のレパートリーも増やそうか？」

「そうね。私、五目寿司バージョンも良いと思って。かんぴょうと干し椎茸《しいたけ》の甘辛煮を使って」

「持ち帰りメニューにもなるわね」

その日もはじめ食堂には美味しい料理とお客さんの笑顔とおしゃべりが満ち、夜は更けていった。


「先輩、全然変りませんね」

「何言ってんだい。もう、ジジイだよ」

二十数年ぶりに再会した富永亘と西亮介《りようすけ》は、年月を飛び越えたかのように昔の親しさに戻り、喜び合った。

「変らないのはこの店と奥さんだよ。昔のままだ」

「ホントですねえ」

「二人ともいつからお世辞が上手《うま》くなったのかしら」

一子もまた少しの屈託も見せず、二人に向き合っている。三人がはじめ食堂にいる姿には、まったく違和感がなかった。

西は七十代だが、富永と同じく年齢よりずっと若々しい。大手ラーメンチェーンの社長を引退し、今は全国の「子供食堂」を応援する活動をしているという。

意外な話に一子も富永も驚いていた。

「どうしてまた？」

「俺は若い頃、はじめ食堂で食い逃げしようとして、親方に拾ってもらいました。あのとき親方と出会わなかったら、今頃どうなっていたか……。だから七十になったのを機に、少しは世の中に恩返しをしたくなったんです」

中学卒業後、青森から集団就職で東京に出てきたが、勤め先の社長に給料を踏み倒された上、貯金を根こそぎ持ち逃げされてしまった。西は絶望し、自棄《やけ》を起こしていたのだった。

「今は昔より豊かになったはずなのに、恵まれない子供は大勢います。その子たちが何とか希望を持って生きられるように、サポートしてあげたいんです」

「偉いなあ。僕にはとても真似できない」

富永は賞賛の眼差しになった。

「そりゃあ、亘君とは違うよ。君は生まれながらの料理人だけど、俺はたまたま親方に助けられて料理の世界に飛び込んだだけで、言ってみれば飛び入りだからね」

一子はパチパチと手を叩いた。

「立派よ、二人とも。うちの人が今の二人を見たら、きっとこうやって拍手を送ると思うわ」

三人の話は和やかに続いた。テーブルに置かれたボイスレコーダーの存在など、すっかり忘れられていた。

店の隅では高石いずみがノートにメモを取っている。ペンを走らせる表情は緊張感が溢《あふ》れていた。

万里は三人の座談会の様子を目の当たりにして、自分の心がしっかりと固まって行くのを感じていた。

「すみません。大変ありがたいお話なんですが、お断りさせていただきます」

その夜、万里は真琴に電話して月虹で落ち合い、返事をした。

真琴は信じられないものを見せられたように目を丸くし、眉を吊上《つりあ》げた。

「何を言ってるの？」

「申し訳ありません、せっかく誘って下さったのに。ただ、俺はやっぱりはじめ食堂を辞めたくないんです。まだ、あそこで勉強しなきゃいけないことが沢山残ってると思うんです。だから……」

「あなた、バカじゃないの？」

真琴はいまや形相が変っていた。思い切り不愉快なものを前にしたように、怒りと嫌悪を隠そうともしていない。

「この先あの店にいて、どうするつもり？　あなたはただの従業員なのよ。年寄りの方が働けなくなったら、その負担はあなたに掛かってくるのよ。そんなことになる前に、独立して自分の店を持った方がよっぽど良いはずよ」

万里は真琴の顔を見ていると、もう二度とお目に掛かりたくないという気持ちが強くなった。

「本当にすみません。でも、俺の気持ちは変りません。はじめ食堂が好きなんです。あそこでもっと勉強したいんです」

「このバカ！　後で吠《ほ》え面《づら》かいたって、知らないわよ！」

真琴はスツールから飛び降りた。

「絶対に後悔するからね！」

真琴はそのまま店を出て行った。

万里は真辺に頭を下げた。

「お騒がせしてすみません。お勘定して下さい」

真辺はニッコリ笑って首を振った。

「いいえ、結構です。最初からあの女性にお代をもらうつもりはありませんでした。今夜は店からのお祝いです、賢明な選択をなさったお客さまに」

万里はわけが分らなかったが、真辺に褒められたのは嬉しかった。自分がこれまでより少し大人になったような気がした。


「この前、近所に新しく居酒屋がオープンしたんですけど」

ビールのジョッキを片手に宇佐美萌香《うさみもか》が言った。姉弟《きょうだい》で営んでいる月島のパン屋「ハニームーン」の若き店主だ。

「なんか、お宅の真似っぽいんですよ。メニュー構成とか」

「でも、レベルは段違いでしたよ。手抜きが見え見えだし、接客態度もマニュアル通りで味気ないし」

弟の大河《たいが》が言い添えた。

「一回行って、ガッカリしちゃって」

「そしたら、本家で呑《の》みたくなって」

姉弟はカチンとジョッキを合わせ、残りの生ビールを飲み干した。

「私、デコポンのフローズンサワー下さい」

「僕、日高見《ひたかみ》。冷酒で」

「それと、押し寿司。お土産で作って下さい」

「はい、ありがとうございます」

注文をさばきながらも、二三と一子は素早く目を見交わした。

真琴の狙いはおそらく、月島に新しくオープンする店を繁盛させるため、ライバルとなるはじめ食堂から主戦力の万里を引き抜き、レベルダウンを図ろうとしたのだろう。

……あれから約一ヶ月。

要の言った通り、週刊誌にスクープされた真琴とＩＴ実業家の不倫は世間の話題になり、ワイドショーでも取り上げられ、連日のようにテレビ欄を賑《にぎ》わしたものだ。しかし人の噂《うわさ》は七十五日より短いらしく、最近は下火になってきた。

「あの人、最初からちょっとヤバイ気がしたんだよね、強引すぎて。やっぱスカウト断って正解だった。でも、あのコメンテーターって何？　奥さんでもないのに説教すんなっつーの」

自分を巻き込んだ策謀があったことなど夢にも知らない万里は、暢気《のんき》に高みの見物を決め込んでいた。

二三も一子も要も、真琴の件に関しては決して他言しないと約束をした。終った話で万里に不快な思いをさせたくはない。

それにしても……。

思い出すと、二三は再び怒りが湧き上がる。万里のような善良な青年をだますなんて……!?

「おばちゃん、力入れすぎ！　つぶれちゃうって」

万里の声で、押し寿司を押しつぶそうとしていたことに気付いた二三であった。

第四話——負けるな、日向夏！

「良い香りねえ……」

一子《いちこ》が皿に鼻を近づけて、大きく息を吸い込んだ。皿に盛られているのは日向夏《ひゅうがなつ》の輪切りで、切り口からは馥郁《ふくいく》たる柑橘《かんきつ》の香りが立ち上り、向かいに坐《すわ》る二三《ふみ》の鼻孔もくすぐっている。

「私、日向夏の香りは柑橘類の王じゃないかって気がするわ。この爽《さわ》やかさは独特よねえ」

二三は一枚手にとって口に運んだ。

日向夏の果肉は酸味が強いが、皮と実の間の白い部分は苦みがなく仄《ほの》かに甘い。だから表皮を剝《む》いたら、白い部分と一緒に食べるのがお勧めだ。

「十年くらい前は名前も知らなかったけど」

「ママレードや果汁も売ってたわね。それに日向夏ロール出してるお店も二、三軒あったし」

今日は日曜日、時刻は夜九時を回った頃《ころ》だ。

二三と一子は久しぶりに銀座で映画を観《み》て、帰りにデパ地下をブラブラ散歩した。その際、果物売り場で日向夏を見かけ、四個入りのパックを買ってきた。夕飯は竹葉亭《ちくようてい》で鰻《うな》重《じゅう》を食べたので、爽やかな柑橘はデザートにピッタリだ。

「最初は白いフワフワと一緒に食べるって聞いて驚いたけど……」

二三が初めて日向夏を食べたのは十五、六年前、宮崎《みやざき》出身の友人に土産《みやげ》にもらったのだった。あの頃は初めて耳にする名前だったが、いつの間にか全国区になっていた。

「お姑《かあ》さん、これ、サラダだけじゃなくて、料理に使えないかな？」

「料理って言うと？」

これまでにも万里《ばんり》のアイデアで、和《あ》え物《もの》やカルパッチョに使ったことはある。

「サイドじゃなくて、メインの料理。肉や魚と合せて……ちょうど季節だから、ホタルイカと合せて何か作りたいと思うんだけど」

「それは良いわね。ホタルイカは酢味噌《すみそ》で食べるから、酸味との相性は悪くないもの」

「よ～し。万里君を驚かせてやろっと」

新しい元号が発表されて明日で一週間になる。去りゆく時代を惜しむ感慨に浸る間もなく、はじめ食堂の関心は美味《おい》しい食べ物と新しいメニューに移っていた。

「まずは就職おめでとう！」

夜営業が始まって三十分後のはじめ食堂で、乾杯の声が上がった。

グラスを合せたメンバーは去年から顔馴染《かおなじ》みになった桃田《ももた》はなと、常連の辰浪康平《たつなみこうへい》・山手政夫《やまてまさお》・後藤輝明《ごとうてるあき》の四人、それに二三と一子、万里も加わっている。お客四人は生ビールのジョッキだが、食堂の三人は小さめのグラスでお相伴した。

服飾のデザイン学校を卒業したはなが、この四月から晴れてアパレルメーカーの正社員になったのである。それを聞いた常連三人が、ささやかな就職祝いを申し出て、はなはありがたく頂戴《ちょうだい》した。

「でも、どうしてデザイナーじゃないの？　デザインの勉強してたんでしょ？」

康平が尋ねたのは、はなが企画部門に配属されたと告げたからだ。

「会社の都合だろうけど、私もそっちの方が良いんだ。今のアパレルのニーズとか、流通とか分るもん。デザインは今さら人に教えてもらうことないし」

いずれプライベートブランドを立ち上げたいという野心を持つはなは、強気に言い放った。

「柔らかいね。それに、良い匂《にお》い」

突き出しをつまんだはなが大きく息を吸った。

今日は新ゴボウと鶏肉《とりにく》の煮物だった。新ゴボウはさっと下茹《したゆ》でするだけで食べられる。

あっさり薄味なので、普通のゴボウより柔らかくて上品な香りがダイレクトに伝わってくる。

「今日は今が旬《しゅん》の春野菜メニューがいっぱいあるのよ。はなちゃんの門出にピッタリだわ」

一子が新しい料理をカウンターに置いた。

「今日のお勧め。筍《たけのこ》とワカメの木の芽和えです」

「キレイ！」

ひと目見てはなが叫んだ。

鮮やかな緑色のソースは、木の芽（山椒《さんしょう》の若葉）をすり鉢で擂《す》り下《お》ろし、西京味噌などと合せて作る。独特の清涼感ある香りは、鼻の穴から吸い込むと頭の中までスッキリするようだった。

「こうなると、やっぱ日本酒行きたいよなあ」

山手と後藤が鼻の穴をヒクヒクさせている隣で、康平が目を閉じて呟《つぶや》いた。

「今日のラインナップは……日向夏と生ハム・モッツァレラのサラダ、ホタルイカのアヒージョ、タラの芽の天ぷら、筍とアサリとワカメの小《こ》鍋立《なべだ》てか。う～ん、生もの、焼き物、揚げ物、鍋物、勢揃《せいぞろ》いだな」

「康平さん、貴《たか》か鍋島《なべしま》が良いんじゃない？　万能型食中酒」

「万里、お前も段々分ってきたな」

康平はニヤリと笑い、「貴二合、グラス四つ！」と注文した。

「はなちゃん、肉料理でも追加するか？」

山手が聞くと、はなは首を振った。

「私、白身魚の中華蒸し、食べたい。あれ、ホント美味《うま》いよね」

同意を求めるようにカウンターの面々を見回してから、はなはカウンターを見上げた。

「万里、あれ、鶏肉でもやってみれば？　そんならあんたも食べられるよ」

二三がポンと手を打った。

「はなちゃん、グッジョブ！　万里君、それ、いただこう」

「鶏の酒蒸しって、中華の前菜でしょ？」

「うん。でも、蒸したてで湯気が立ってるのは、メインとしても行けると思うよ」

「良いかもしれない。鶏と言えばたいてい唐揚げだものねえ」

一子まで乗り気になった。

万里は酒と生姜《しょうが》を効かせて蒸し上げた鶏肉に熱したゴマ油を掛けるシーンを想像した。たっぷり載せた長ネギの千切りと香菜《シャンツァイ》がジュッという音を立ててしんなりと……。

ああ、ヨダレが垂れそう！

「やろう！」

万里も俄然《がぜん》やる気になった。

「まずは夜メニューに入れてみようか」

「うん。それで要領が分ったら、ランチでも出してみようよ。日替わりはチキン南蛮《なんばん》しか出してないから」

二三が応じると、はなも声を弾ませた。

「おばさん、ランチも絶対受けると思うよ。ＯＬさんはダイエット志向だから、フライよりスチームだよ」

「はなちゃんは、着る物だけじゃなくて食べ物のセンスも良いなあ」

後藤が感心したように呟いた。

「ありがとう、後藤さん。出世したら奢《おご》るよ」

「出世しなくたって奢れるよ、はじめ食堂なら」

万里が混ぜっ返すと、はなは鼻の頭にシワを寄せて思いっきり顔をしかめて見せた。

「しかし、どっか通じるもんがあるのかもな。ふみちゃんだって、元はファッション関係だろう？」

日向夏のサラダに箸《はし》を伸ばした山手が言った。生ハムとモッツァレラの旨味《うまみ》に日向夏の酸味がアクセントを効かせ、素晴しい香りでまとめている。春爛漫《はるらんまん》と言うより、夏を呼ぶサラダだ。

「私は買い付け専門。デザインの才能はゼロよ」

二三はかつて大東《だいとう》デパートの婦人衣料バイヤーだった。

「それだってセンスが良くないとダメよ。売れない服買い込んだら大変だものね」

一子の言葉にはなは大きく頷《うなず》いた。

「そうそう。良いバイヤーの目に留まらないと、デザイナーは浮かばれないよ」

「へい、お待ち。ホタルイカのアヒージョでござい」

万里がカウンターに新しい皿を置いた。

普通のアヒージョよりニンニクは控えめにしてあるが、オリーブオイルで熱せられ、食欲をそそる香りは充分に立っている。ワタの濃厚な旨味はスペイン料理でも存在感抜群だ。

「辛子《からし》酢味噌も良いけど、たまにはこういうのもね」

山手が早速一つつまんで口に入れた。当然ながら、このホタルイカは魚政《うおまさ》で仕入れた品だ。

「うん、いける」

山手は満足そうに頰《ほお》を緩めた。

「パエリアに入れてみようかなって思うんですよ」

二三が言うと、後藤が問いかけるような顔で康平を見た。

「スペインの炊き込みご飯ですよ」

「そんなら、先に和風を食べてみたいですね」

後藤が料理を自らリクエストするのは珍しい。

「お安いご用ですよ。今度いらしたとき、用意します」

二三は笑顔で応じた。その横では、一子がタラの芽の天ぷらの準備に取りかかっていた。

「おじさん、今日の卵はシラスのオムレツだよ。食べる？」

万里はフライパンを片手に身を乗り出した。

「あたぼうよ」

シラスは三月まで禁漁の地域が多く、四月から五月が旬となる。鮮度の良い生シラスは美味しいが、はじめ食堂は海鮮メインの店ではないので、基本的には火を通した調理をすることが多い。

オムレツはその柔らかな食感と口溶けが大切なので、チーズや炒《いた》めた玉ネギ、マッシュルームなどと相性が良い。だからシラスもばっちりだ。魚の食べられない万里も、その辺は心得ていた。

「小鍋立ては筍とアサリとワカメか。じゃあ、シメは雑炊《ぞうすい》でも作ってもらうかな」

康平が言うと、万里が顔の前で人差し指を振った。

「今日ははなのために、特製メニューを準備しました。皆さんも、是非」

「へえ、何だろう？」

はなは目を輝かせた。

「それは最後のお楽しみ。はい、タラの芽、いきま〜す」

一同は早速揚げたてのタラの芽の天ぷらに塩を振った。

口に含めば芳香がフワッと鼻に抜け、舌には独特の苦みと共に仄かな甘味が広がる。山菜の王者と言われる貫禄《かんろく》だ。

「春が旬の野菜は、みんな香りが良いよなあ」

山手が感慨を漏らせば、はなと康平も後に続く。

「子供の頃は山菜って苦くて嫌いだったけど、今はこのほろ苦さが良いわ」

「大人の味だね」

「スーパーのハウス物でもこんだけ美味いんだから、天然物はどんだけすごいんだろう」

はなの正直な感想に、二三も一子も苦笑するしかない。

七時を過ぎると新しいお客さんが次々入ってきて、はじめ食堂は満席となった。カウンター常連組の料理もいよいよラストひと品だ。

「は〜い、本日のシメは、日向夏の冷製パスタでござ〜い！」

カウンターにパスタの大皿と取り皿が置かれた。こんもり盛り付けたパスタの上に、一センチ角に切った日向夏と色鮮やかな水菜、大葉、鰹節《かつおぶし》などがトッピングされている。

「シメに相応《ふさわ》しく、さっぱりと、季節感たっぷりで」

「よく混ぜて召し上がって下さいね。クルミのみじん切りも混ぜてあるのよ。食感、良いでしょ？」

二三も横から口を添えた。

四人は夢中で箸を動かし、パスタをすすり込んだ。

冷製ソースには日向夏の搾り汁を混ぜてあり、爽やかな酸味と香りが満開だ。細身のカペッリーニはソースと良く絡み、なめらかに喉《のど》を通ってゆく。味付けに使った昆布《こぶ》茶が和テイストを盛り上げて、気分はイタリア風素麵《そうめん》といったところか。

「ホント、美味しい、おしゃれ！」

「こりゃ、呑《の》んだ後にピッタリだな」

「夏に食べたすだちおろし蕎麦《そば》を思い出した」

「後藤さん、鋭い。相通じる美味しさですよ」

後藤はざる蕎麦でも食べるように、思いきりパスタをすすり上げた。ここは多少行儀の悪い食べ方をしても、誰《だれ》も気にしない店なのだ。

「万里、ホントすごいね。あんたが来る前、うちの店でこんなこじゃれた冷製パスタを出すなんて、考えらんなかったよ」

その夜、例によって閉店後に帰宅した要《かなめ》は、日向夏のパスタを前に「参った」とばかりに首を振った。

「あら、冷やしナスうどんと冷やしとろろ蕎麦はやってたわよ」

二三が横から口を出した。

「だからさ、こじゃれたって言ってるでしょうが」

万里が二人の間に「まあまあ」と缶ビールを置いた。

「でもさ、万里が来てからだよ。結構自信持ってうちの店に作家の方をお連れできるようになったの」

幸いなことに評判は悪くない。皆さん満足してお帰りになったし、裏を返してくれた作家もいる。しかし、二三にははじめ食堂がグルメ本に載るような店とは思えない。

「それは足利《あしかが》先生が来てくださるからじゃない？」

足利省吾《しょうご》は、要が担当している時代小説の大家だ。

「それもある。『足利先生ご贔屓《ひいき》の店です』って言えば、大抵の作家は悪く言えないもんね」

要はそこでズルッとパスタをすすり込んだ。

「でも、それにしたって、昔のまんまのはじめ食堂だったら、先生が通ってくれたかどうか分んないよ。家庭的な雰囲気で、でも家庭じゃ滅多《めった》に食べられない料理も出てくるから、それで贔屓にして下さるんだよ」

その点は二三も一子も同感だった。小鍋立てもベトナム風蒸し春巻きも白子ソテーも白身魚の中華蒸しも、万里がいなければメニューに載せる発想は生まれなかっただろう。

「確かにね。万里君が来てから、私もお姑さんも、ちょっぴり発想が変ったもん」

「正確に言えば、豊かになったたっつーことでしょう」

万里はお約束のようにどや顔で胸を反らしたが、急に真面目《まじめ》な顔になった。

「でもさあ、ここらでちょっとスピードダウンするのも手かな、と思うんだ」

珍しく真剣な口調に、二三と一子は思わず居住まいを正した。

「はじめ食堂は基本、食堂兼居酒屋じゃん。そこが好きで通ってくれた昔からのお客さんには、今のメニューはちょっぴり寂しいかもしんない。定番だった冷や汁とか、冷やしナスうどんとか、そういうのにもスポット当てないとさ」

二三はふと気が付いた。

「そう言えば私、今年に入ってから白和え作ってないわ」

「万里君の言う通りね」

一子はニッコリと微笑《ほほえ》んだ。

「季節感のある新しいメニューはどんどん出したいけど、昔ながらのメニューも残したい。矛盾してるけど、そのバランスが大切なんでしょう」

「料理もお客さんも、新陳代謝が要るって事よね」

二三も頭では分っているのだが、日々の営みに追われ、時として忘れてしまう。

「幸いなことに、うち、繁盛してるからね。つい現状に甘んじちゃうんだわ」

「そりゃふみちゃん、しょうがないわよ。人間誰しも楽して儲《もう》けたいもの。不自由がないのに工夫したり変えたりって、面倒だから」

一子は愛《いと》おしむようにゆっくりと店内を見回してから、二三と万里に視線を戻した。

「でも、今まで何とか続いてきたのは、昔から少しずつ、新陳代謝してきたからでしょう。だから洋食屋から食堂兼居酒屋になっても、お客さまがついてきて下さった……」

一子の言葉に、二三も万里も要も、深く頷いた。

そして、これからもきっと……たとえ今と姿が変ったとしても、はじめ食堂を愛してくれるお客さまが消えることはない。二三はそう信じた。


月曜日のランチの日替わりメニューは中華風蒸し鶏と豆腐ハンバーグ、ワンコインは日向夏の冷製パスタだった。

「あらあ、珍しい！」

「美味しそう！」

「おしゃれ！　でもワンコインじゃサラダと小鉢つかないし……」

常連のOLたちは日向夏の冷製パスタに興味を惹《ひ》かれた様子だが、そこで迷う者が続出した。今日の小鉢は蕗《ふき》の煮物と、ホタルイカとエリンギのオイマヨ炒め。どちらも季節感満点の逸品である。迷うのは当然だろう。

二三はその様子を見て取るや、すぐに申し出た。

「お嬢さんたち、プラス二百円で定食セット付けますよ」

「えっ、ほんと？」

「ありがとう、おばちゃん！」

臨機応変、素早い対応ははじめ食堂の一番の売りだ。

定食セットはご飯・味噌汁・小鉢二品・サラダ・漬物だから、今日の内容で二百円では儲けにならない。ところが、日向夏のパスタは見た目のおしゃれ感に比べて材料費が安く、五百円だと結構お釣りが来る。それにご飯も不要なので、七百円いただけば充分利益は上がるのだった。

二三は万里と一子を振り返り、ニンマリ笑って見せた。

ちなみに、今日の焼き魚はサバのもろみ漬け、煮魚はカラスガレイ、味噌汁はカブと油揚げ、漬物は一子手製のキュウリとナスの糠漬《ぬかづ》けだった。

「おばちゃん、この汁、ご飯にめちゃ合う！」

蒸し鶏のタレをご飯に掛けた若いサラリーマンが、感に堪えたような声で言った。

・生姜と酒をたっぷり効かせた蒸し汁に、長ネギと香菜、醤油《しょうゆ》とオイスターソースと熱いゴマ油が混ざったのだから、それだけで丼飯《どんぶりめし》が食べられる。

「ねえ、おばちゃん、この蒸し鶏も定番にしてよ。揚げ物は避けてるから、こういうの、ありがたいわ」

別の席のOLも熱のこもった声で言った。一緒に来たOLと、豆腐ハンバーグと蒸し鶏を半分こして食べている。

「ダイエット？　全然太ってないじゃない」

言われたOLはちょっぴり嬉《うれ》しそうに肩をすくめた。

「見えないとこに肉がついてるのよ」

「見えない肉はないも同然よ！」

二三ははなのセリフをそのまま返し、空いた皿をカウンターに戻した。

「これは良いですねえ。美味しいし、ご飯に合うし、香味野菜たっぷりで充分食《た》べ応《ごた》えもある」

三原茂之《みはらしげゆき》は鶏肉を一切れ口に運び、大きく頷いた。

「あたしも絶対に定番にした方が良いと思うよ、ふみちゃん」

豆腐ハンバーグを箸で千切りながら、野田梓《のだあずさ》が言った。

本日の日替わりはどちらもダイエットに優しい料理なので、三原と梓にも、もうひと品を〝味見用〟に小皿でサービスした。

「蒸し鶏か豆腐ハンバーグか、甲乙付けがたいですが、僕はやっぱりこのタレに惹かれます。ご飯の友ですよ」

三原はたっぷりと蒸し鶏のタレを浸み込ませたご飯を頬張った。

「そうね。あたしも次は蒸し鶏にしようかな」

「とにかく今日の新作はどっちも大人気で、パスタは売り切れちゃったの。良かったわ」

「へええ、万里さまさまじゃない」

梓はからかうように言ってカウンターを見た。万里は小鼻の脇《わき》をポリポリかいている。

「そうだ。ふみちゃん、例のタウン誌、どうなった？」

「無事に取材は完了。料理の撮影もバッチリだったし、万里君は鉄人シェフみたいな格好でポーズ決めたし」

「いつ発売だって？」

「六月」

二三が答えると、三原がカウンターの隅に座っている一子を見遣《みや》り、優しく尋ねた。

「それは楽しみですね。一子さんも昔のお弟子さんと座談会、なさったんでしょう？」

「ええ。二人ともたいそう立派になって……」

あのひと時を思い出したのか、一子は懐かしそうに目を細めた。

「あたし、本が出たらまとめ買いして、お客さんに配るわ！」

何を思ったのか、梓が明るい声で宣言した。

「いいわよ、野田ちゃん。そんなことしなくたって」

「宣伝に協力するわよ。あたし、かれこれ三十年以上ここでお世話になってるんだから」

「お世話になってるのはこっちですよ、野田さん」

一子がやんわりと口を挟んだ。

「三十年以上ランチに通い続けて下さるお客さまがいる……それだけで、うちには充分なんです。励みにもなるし、宣伝にもなるし。ね、ふみちゃん」

「そうそう」

二三はポンと梓の肩を叩《たた》いた。

「だから野田ちゃんは病気しないでこれからもランチ食べに来てよ」

「ありがとう。そうするね」

梓は明るい声で返事をしたが、その胸中に過去の様々な出来事が去来しているだろうことが、二三には分った。

出会った頃は二十代だった二人が、今では還暦を迎えようとしている。いつの間にか、これからの人生よりこれまでの人生の方が長くなってしまった。だからちょっとした拍子に、過ぎ去った時間が甦《よみがえ》ってくるのだ……。

「そうだ、万里。調理師の試験、どうなった？」

中華風蒸し鶏を頬張る前に、はなが訊《き》いた。

「試験は十月だって。五月になったら願書もらってくる」

「確か神奈川は今月から願書配布よ。あそこは試験が年二回あるから」

「青木《あおき》、詳しいじゃん」

「うん。私もいずれは取るつもりだから」

答えたのはメイ、こと青木皐《さつき》。ショーパブで働くニューハーフで、今やはじめ食堂の常連の一人だった。仲間のモニカとジョリーンも一緒に来ている。

「東京と埼玉は十月で、神奈川は七月と十一月にあるのよ。だから肩馴《かたな》らしに、七月の試験受ければ良いと思うんだけど……」

二三の言葉に、万里は肩をすくめた。

「だって、もし受かっちゃったら、東京の試験受ける気なくなるじゃん。俺《おれ》、どうせ免許もらうなら、小池百合子《こいけゆりこ》の名前で欲しい」

「自信満々じゃん。落ちたらどうすんの？」

はなは肘《ひじ》で万里の腕を小突いた。

「そん時は神奈川の二回目の試験受けるよ。二度目なら受かると思うし」

「まあ、万里君の気持ちも分るわ。私も他の知事じゃなくて、石原慎太郎《いしはらしんたろう》で免許欲しかったし」

調理師免許は、試験を実施した都道府県知事の名前で付与される。だから二三の免許には石原慎太郎の名前が印刷されている。

「免許取った頃は、まだ石原さん、人気あったのよ」

「小池人気も、俺が調理師免許取るまで続いてくれたら良かったんだけど」

万里はボヤキながら中華風蒸し鶏を口に運んだ。

「これ、美味いな、ホント。自分で作っといてビックリだよ」

蒸した鶏のモモ肉は皮身から脂が出て、こってりした味わいとなり、タレの味でご飯が進む。しかも唐揚げやチキン南蛮に比べればカロリーは低めだ。

「そうだ！」

ジョリーンがパチンと指を鳴らした。

「万里君、今度、ガパオライスやってみたら？」

「あら、良いわね。あたし、大好物」

サバのもろみ漬けを身取っていたモニカもパッと顔を上げた。

「ガパオって何？」

一子が誰にともなく尋ねた。

「簡単に言えば、タイの鶏そぼろご飯。魚じゃなくて国のタイね」

　メイが身振りを交えて説明した。

「最近は日本でも結構一般的よ。甘辛味で、バジル風味。ご飯にすごく合うわよ。私は絶対目玉焼き載せる派」

「何だか聞いてると美味しそうね。ふみちゃん、知ってる？」

「食べたことはないけど、イメージ的には分るわ。色んなお店がやってるってことは、日本人の口に合うってことよね？」

　二三の問いかけに、ニューハーフ三人組は力強く頷いた。

「ねえ、おばちゃん、ガパオもだけど、俺、カオマンガイもワンコインで行けると思うんだ」

「な、何、それ？」

　一子と二三は同時に訊き返した。

「鶏を茹でたスープでご飯炊いて、その上に茹で鶏を載っけた料理。お好みで甘辛いタレかけるの。イメージとしては、この中華風蒸し鶏を載っけた丼に近いかな」

「話だけ聞くと美味しそうだけど……」

　二三はわずかに首を傾《かし》げた。

「それ、タイ米を使うんでしょ？　余ったら困るわね」

タイ米と聞いた途端に一子は眉《まゆ》をひそめた。記録的な冷夏で米不足に陥った一九九三年、日本政府がタイから長粒米を緊急輸入した、所謂《いわゆる》〝平成の米騒動〟の苦い記憶が甦ったのだ。そのときのタイ米はかなり等級の低い品だったため、「タイ米はまずい」という誤解が日本中に広がってしまった。

「ガパオもカオマンガイも、ランチで余ったら夜に出そうよ。今、東京にはタイ料理屋がいっぱいあるから、お客さんにも馴染みがあるしさ。タイ米は、余ったら、次の週に回せば良いじゃん」

「でも、あんなまずいお米、お客さんには出せないわよ」

拒否反応を示す一子に、メイが宥《なだ》めるように言った。

「おばちゃん、あのときのタイ米はひどかったけど、最近はすごく美味しくなってるのよ。だからタイ料理屋さんはどんどん増えたし、スーパーに行けばガパオやカオマンガイのレトルトや冷凍が買えるくらいよ」

なおも疑わしげな一子を見て、はなが言った。

「万里、ものは試しで、インスタントのカオマンガイ、おばさんに試食させてみれば？」

「そうだな。食べれば分る」

「百聞は一食に如《し》かず、だよ」

一子は最後は微笑んで二三を見た。

「何だか、どんどん国際的になるわね、はじめ食堂」

「良いことじゃない。来年はオリンピックだし」

「そうね。去年は外国のお客さんも来て下さったものね」

二三はムスリムのお客さんのことを懐かしく思い出した。

これからきっと、ああいうお客さんも増えてゆくのだろう。そしてはじめ食堂は、時代と共に変って行く。

しっかりしなきゃ。万里君に頼ってばかりじゃいけない。万里君が巣立ってもはじめ食堂が続くように、頑張らなくちゃ……。

二三は静かに心に言い聞かせた。


「まあ、カオマンガイなんて始めたの⁉」

数日後の夜、七時を回った頃店を訪れた菊川瑠美《きくかわるみ》は弾んだ声を出した。

「私、大好きなの！　シメはこれでお願い。それと、ホタルイカと独活《うど》のぬた、日向夏のサラダ、シラスのオムレツ。取《と》り敢《あ》えず、これでお願いします」

メニューを置くとお通しの空豆をつまんだ。

「先生なら絶対に新メニュー、注文してくれると思ってました」

今日の最初の一杯、生ビール小ジョッキをカウンターに置いて、二三が言った。

「私、エスニック大好きなの。はじめ食堂でもタイ、ベトナム、韓国系が食べられるようになって、嬉しいわ」

「しかし、先生は冒険心ありますね」

先客の山手は黒板に書かれた「カオマンガイ」の文字をチラリと見て言った。

「おじさんと後藤さんは、タイ米って聞いただけで断固拒否なんですよ」

康平がニヤニヤしながら二人の顔を見比べた。

「そりゃあ、あのときのタイ米のまずかったこと。思い出したくもない」

「うちなんて、ブレンド米とか言って、日本の米とタイ米混ぜたのを買わされたんですよ。あれはひどかった」

その味を思い出したのか、後藤が露骨に顔をしかめた。

「うちは近所のお米屋さんが、タイ米だけ別の袋で売ってくれたから助かったけど、始末に困ってね。倅《せがれ》のアイデアでタイカレーやチャーハン作ってみたけど、やっぱり美味しくなかったわ」

一子も当時の思い出を口にした。

「でも、この前ふみちゃんがスーパーで冷凍の鶏ご飯買ってきてくれてね。味見してみたら、今のタイ米は全然違うの。なかなか美味しかったわ」

「ま、つーわけで、おばちゃんのお許しが出て、ガパオとカオマンガイを出すことにしたわけ」

日向夏のサラダをガラスの皿に盛り付けて、万里が言った。

今日のランチのワンコインメニューに出したカオマンガイは大層な人気で、二百円プラスの定食セットを頼む女性客が何人も出た。

「もうちょっとで売り切れだったんだけど、菊川先生が来たら絶対注文してくれると思って、一人前残しといたんです」

「まあ、光栄だわ」

瑠美は嬉しそうにジョッキを掲げた。

「万里、今日のシメは久々にオムライスだ」

山手の注文に万里は「毎度あり〜」と答えた。

四月半ば、はじめ食堂の夜は春うらら、平和に更けていった。


金曜日のランチタイム、十一時半の開店と同時にお客さんが入ってきた。

今日はサービスデーで、ご飯は白米でなく空豆の炊き込みご飯である。昨日築地《つきじ》場外に買出しに行ったとき、おつとめ品として格安で売っていたので、思い切って大量買いしたのだ。

白いツヤツヤのご飯の間から空豆の鮮やかな緑が顔を出し、いかにも春らしく美しい。

出汁《だし》で炊いたご飯に空豆の淡泊な旨味が良く馴染んでいる。

ところが、お代わり続出を見越して多めに炊いたのだが、希望者は予想よりずっと少なかった。はじめ食堂はご飯と味噌汁はお代わり自由なので、炊き込みご飯や混ぜご飯のときはいつも売り切れるほどなのに。

「遠慮しないで、お代わりして下さいね。たっぷりありますから」

二三は何度かテーブルに声をかけたのだが、あるお客さんは曖昧《あいまい》な微笑を浮かべて遠慮し、別のお客さんは素っ気なく断った。

何だか、今日はちょっと雰囲気がおかしい……。

二三はカウンターの中の一子を見遣った。

一子も不審を感じているらしく、二三の目を見返して頷いた。

今日の日替わりは肉野菜炒めとナスの挟み揚げ、焼き魚は赤魚の粕漬《かすづ》け、煮魚は鰯《いわし》の梅煮、ワンコインメニューはチキンドリア、味噌汁は豆腐と絹さや、漬物はカブの糠漬けだった。

メニュー構成も常にも増して豪華なはずだ。それなのに、何故《なぜ》か店の空気は淀《よど》んだように活気がない。

いったいこれは、どうなってるの？

二三の胸に不安が兆し始めた。そのとき、レジの前に立った顔馴染みのワカイのＯＬが、そっと耳打ちしてくれた。

「おばちゃん、この店、ネットでひどいこと書かれてるよ」

「えっ？」

「ツイッターとかSNS、5ちゃんねる、もう軒並み。あとで見てご覧よ」

OLは最後に「私は信じないけどね」と言って出ていった。

二時近くになって表の暖簾《のれん》をしまうと、二三と万里はすぐさまスマホを取り出した。二人は手分けしてはじめ食堂に関する検索を始めた。まず、5ちゃんねるの掲示板が表示された。

「何、これ⁉」

そこに投稿された書き込みのひどさに、二三は思わず半オクターブ高い声を出した。

「デタラメじゃん、全部」

万里の声も怒りが滲《にじ》んでいた。

「なんて書いてあるの？」

一子が二三のスマホを覗《のぞ》き込《こ》もうとしたが、二三はやんわりと制した。

「見ない方が良いよ、お姑さん。腹立って気分悪くなるから」

「とにかく、あること無いこと書き込まれてる。誰がやったか知らないけど、一人や二人じゃなくて、組織的だな。サイバー攻撃に近いよ」

大別すると、書き込みは以下の六種類だった。
①はじめ食堂は賞味期限切れの食材を使って経費を抑えている。
②手作りは大嘘《おおうそ》でインスタント食品でごまかしている。
③衛生管理が悪く、過去に食中毒を何度も出した。
④出版社勤務の娘のコネで、テレビに取り上げられたりグルメ本に掲載されたりしたが、実際に食べてみると味はひどい。
⑤高齢の店主が末期癌《まっきがん》で入院している。
⑥経営不振で閉店が決まった。

この①~⑥が、ツイッターなどのSNSにも大量に投稿されているようだった。

しかも、御丁寧なことに、二三が築地場外の八百屋《やおや》でおつとめ品の空豆を買う姿や、大手スーパーでガパオライスの素や冷凍カオマンガイを買っている姿が写真に撮られ、アップされていた。

そして、過去に食中毒の疑いを掛けられたときの新聞記事も使われた。あれは全くの濡《ぬ》れ衣《ぎぬ》で、はじめ食堂の潔白は証明されたのだが、そのことについての記事は出ていない。だからアップされた記事だけ読むと、いかにも食中毒を出したように読めてしまう。

「いったい、誰が、どうして……」

あまりのことに二三は呆然《ぼうぜん》とした。これほどまでの悪意が、いったいどこから生まれてくるのだろう？　そう思っただけで、全身から血の気が引く思いだった。

だが、一子は二三と万里の腕に手を置き、力強く言った。

「ふみちゃん、万里君、とにかく昼ご飯食べましょう。対策を考えるのは、腹ごしらえしてからでも遅くないよ」

二三もハッと我に返った。

「そうね。腹が減っては戦が出来ぬ、よ。万里君、豆ご飯とドリア、どっち食べる？」

二三も無理して明るい声を出した。クヨクヨしても始まらない。キチンとご飯を食べて、卑怯《ひきょう》な敵との闘いに挑むのだ。


「これはもう、犯罪ですよ。私は警察のサイバー犯罪相談窓口に行くことをお勧めしますね」

スマホで掲示板の書き込みを見せると、後藤は表情を引き締めて断言した。万事に控えめないつもの顔でなく、現役の警察官に戻ったような顔つきだった。

「警察に、そんな窓口があるんですか？」

二三は意外な気がした。大掛かりな詐欺事件でもないと、警察はネットの世界には介入しないと思っていたのだ。

「確かに以前はネット被害の相談はほとんど受け付けなかったようです。正直、ネットが分る職員が少なかったんでしょう。でも、今は各都道府県に相談窓口がありますから、まずは行ってみて下さい」

後藤を取り巻いていた二三、一子、万里は一様に頷いた。

「しかし後藤よ、警察に訴えて、犯人逮捕できるのか?」

尋ねたのは山手だ。ネットには縁遠い世代だけに、不信感もまた強い。

「保証は出来ないが、今は捜査方法も進んでるはずだから……。確か十年くらい前、芸人さんをネットで誹謗《ひぼう》中傷した男女が一斉検挙される事件があったはずですよ。今はもう、匿名だからって犯人が特定できないことはないはずです」

後藤の言うのはお笑い芸人スマイリーキクチの中傷被害事件だった。一九九九年から数年にわたり、「女子高生コンクリート詰め殺人事件の犯人グループの一人だ」というデマをネット掲示板2ちゃんねるに書き込まれ、芸能活動に支障を来すほどの被害を受けた。警察に相談したものの、当初はネット犯罪に対する認識が乏しく、受け付けてもらえなかった。しかし二〇〇八年から二〇〇九年にかけて、全国に住む男女十九人が一斉検挙されるに至った。

「でも、逮捕まで十年もかかるんじゃあ……」

「今はそんなにかからないって。ネット犯罪に詳しい職員だっているし」

「後藤さん、ありがとうございます。明日にでも、ふみちゃんに警察に行ってもらいます」

一子が笑顔で言って、二三を見た。二三は「合点」と頷いた。

「よろしかったら、私もご一緒しますよ。本庁には同期の息子がいるんで、連絡しておきます」

「よろしくお願いします」

その間、山手は後藤のスマホをじっと眺めていた。掲示板の「婆《ばあ》さんは末期癌でもうダメらしいよ」「売上げ激減で、今月で閉店するってさ」という書き込みに、本人以上にショックを受けている様子だ。「ちくしょう」という呟きが口から漏れた。

見れば辰浪康平も菊川瑠美も、最初の一杯にほとんど口を付けていない。山手と後藤が入ってくる早々、二三が相談を持ちかけたので、この二人もそばで聞いていたのだ。

「皆さん、厄介な相談事をして、申し訳ありませんでした。最初の一杯は店の奢りです。景気よく空けちゃって下さい」

二三は笑顔を作って声を励ました。

康平はまるでヤケ酒のように、ジョッキに半分以上残っていた生ビールを飲み干した。

「それにしても、何だってこんな店が標的にされるんだよ？」

「康平さん、こんな店はないでしょ」

万里が無理を押してツッコミを入れた。

「だからさあ、ミシュランで星獲《と》ってるわけじゃないし、全国にチェーン展開してるわけでもないのにって意味だよ。一人何万円も取るわけじゃない家族経営で慎《つつ》ましくやってる店じゃないか。狙《ねら》われる理由、絶対無いだろ?」

「ありがとう、康ちゃん。これ、お店から」

一子は常連の四人に蕗の煮物をサービスした。

「でもね、あたし、何となく思うのよ。災難は空から降ってくるもんだって」

一同は怪訝《けげん》な顔で一子を見た。

「突然に、何の理由もなく、ドーンとね」

一子の眼差《まなざ》しは一瞬天を仰ぎ、再び地に戻った。

「理不尽よね? でも、だから災難だと思うのよ。何も悪いことしてないのに、ひどい目に遭《あ》わなきゃならないんだもの」

そしてもう一度穏やかに微笑んだ。

「だから災難に遭ったときは、原因を考えちゃダメ。『どうして私がこんな目に?』なんて考えても時間の無駄。元々理由なんかないんだから。そして、一番いけないのは自分に原因を求めること。『私が悪かったからこんなことになった』なんて、絶対にいけません。災難は空から降ってくるんです。雨に降られたのは人のせいじゃなくて、雨が降ったからです。人は悪くありません」

一子の言葉は力強かった。突然に最愛の夫を失い、突然に最愛の一人息子を失っても、挫《くじ》けず前を向き続けた人の心が滲み出ていた。自分を責めた途端に、人は前を向く力を失ってしまうのだ。

「その通りだわ」

二三にも一子の気持ちが痛いほど分った。

「私達がこれからやるべきことは対策よね。傘を買うか、借りるか、雨宿りするか……」

「それでね、二三さん」

瑠美がカウンターに身を乗り出した。

「警察はもちろんだけど、ネット犯罪に詳しい弁護士さんにも相談してみたら？」

「先生、お知り合いでも？」

「私はいないけど、連載してる雑誌の会社は顧問弁護士がいるわ。良かったら紹介しましょうか？　出版社だから、海賊版対策とかしてると思うのよ。サイバー系に詳しいんじゃないかしら」

万里が思い付いたように手を打った。

「そんなら、要に訊けば？　あいつも出版社だから、顧問弁護士がいるでしょ」

「三原さんにも訊いてみたら？　帝都《ていと》ホテルは顧問弁護士も大勢いるはずだし」

康平が言うと、山手が横から口を出した。

「弁護士さんは、どんなことしてくれるんですか?」

瑠美は記憶をたどるように額にシワを寄せた。

「詳しくは知らないけど、プロバイダーと交渉して、誹謗中傷に当たる書き込みを削除させるみたい」

「警察とどっちが速いかな?」

万里も真剣な面持ちで考え込んだ。

「まずは皆さんのおかげでおよその方針は立ったことだし、これからしっかり対策始めます。今日はありがとうございました」

二三はペコリと頭を下げ、気分を変えるように手を叩いた。

「さ、皆さん、お料理と次のお酒、選んで下さい。今日のお勧めは空豆とアボカド・ミニトマトのバジルソース和え、筍とアスパラのオイスターソース炒め、ホタルイカとカブのガーリック炒め……」

はじめ食堂に張りのある声が響いた。


「……聞いてる。会社で後輩が教えてくれた」

その夜、閉店後に帰宅した要は、ショルダーバッグを下ろす間もなく二三からネット上の中傷について切り出された。

「それじゃ話が早いわ。明日、お母さんは後藤さんと警視庁のサイバー犯罪相談窓口ってとこに行ってくるんだけど、あんたの会社の顧問に、ネット犯罪に詳しい弁護士さんいない？」

「いると思うけど……詳しいことは総務じゃないと分らない。月曜に会社で訊いてみるよ」

要はショルダーを椅子に置き、心配そうな顔で尋ねた。

「それで、もう実害は出てるの？」

「大丈夫」

二三は要にはそう言ったものの、気休めでしかないことは分っていた。今日のランチにも微妙に悪い影響が出たくらいだ。明日からはもっと大きな波が来るだろう。

二三は食中毒騒ぎのときを思い出した。ネットの誹謗記事の拡散率はすごいらしい。もしかしたら新聞記事より影響力が強いかも知れない。そんなことになったら……。

「今日は空豆の炊き込みご飯よ。売り切れだったけど、あんたの分だけ残しといたからね」

「ありがとう、お祖母《ばあ》ちゃん」

それは要に余計な心配をさせまいとする一子の気遣いだった。本当はかなり余ってしまったので、万里と三原、梓にお土産で持たせたのだ。

二三は前方に目を向け、はじめ食堂に立ちこめようとする暗雲を睨《にら》み付《つ》けた。

翌日の土曜日、はじめ食堂はランチ営業が休みになる。

二三は午前中に後藤に付き添われ、警視庁のサイバー犯罪相談窓口へ出向いた。桜田門に聳《そび》える警視庁に足を踏み入れるのは初めてだったが、後藤が一緒なので安心だった。

後藤の同期の息子が予《あらかじ》め話を通しておいてくれたらしく、すぐに係員が話を聞いてくれた。その上で提示された対策としては、まずプロバイダーに書き込みの削除を要請する。次にIPアドレス（ネット上の住所）の開示を要求し、書き込みをした人間を特定する。その上で名誉《めいよ》毀損《きそん》その他の訴訟を起こし、民事で損害賠償を請求する、という手順だった。

「その場合、手続きはご本人、あるいはご本人の代理人が行って下さい」

つまり、今の段階では警察は動いてくれないのだった。

「それじゃあ、せっかく相談に来た甲斐《かい》がないだろう」

後藤は声を荒らげたが、二三は「まあ、まあ」と抑えた。正直、役所の対応としてはこんなもんだろうという予感があった。

「やっぱり個人的に弁護士を雇わないとダメですね」

「すみません。面目次第もない」

「後藤さん、謝らないで下さい。お陰で対策が分りました。帰って姑《はは》と相談してみます」

すでに二三の肚《はら》は決まっていた。

帰宅すると、土曜日は外出することの多い要が家で待っていた。

「お帰りなさい。どうだった？」

二三は首を振り、およその経緯《いきさつ》を話した。二人の反応も淡々としたものだった。

「ま、そんなとこだろうね」

「ネットで調べたんだけど、ネット犯罪に詳しい弁護士って結構いるわよ。最低五万円で書き込み消してくれるって出てた」

要はネット情報をプリントアウトした紙の束を二三に渡した。

「この中から適当な人を選ぶのが、一番手っ取り早いと思う。会社の顧問弁護士も当たってみるけど、どうも高そうな気がする」

「そうねえ……」

二三はネットの紹介記事に目を走らせた。

「万里君が来たら、意見を聞いてみるわ。ありがとう」

「今日、店、手伝おうか？」

「ガラにもないことしなくて良いわよ」

「要は普段通りにしてなさい。あたしたちも普段通りにするから」

一子が優しく付け加えた。

五時半に店を開けると、新顔のお客が入ってきた。二十代の男女四人組だった。

「いらっしゃいませ!」

四人は物珍しげにジロジロと店内を眺め回した。

「どうぞ、お好きなお席に」

四人組は隅のテーブルに掛けると、声を潜めてヒソヒソとしゃべり始めた。

二三はおしぼりとメニューを持っていった。

「こちらが本日のお勧めになります」

紙のメニューの他に黒板に書いたメニューを示し、見やすいように隣のテーブルの椅子に立てかけた。カウンターに戻ろうとすると「婆さん、死んでないじゃん」という声が聞こえた。

一瞬で頭に血が上った。この四人がお客さんではなく、ネットの中傷書き込みを見て、はじめ食堂を覗きに来た野次馬《やじうま》だと分った。それにしても、世の中には言って良いことと悪いことがある。二十歳過ぎてそんな常識も無いのだろうか?

「出て行きなさい!」

と一喝する寸前、ガラス戸が開いて男性客が一人、入ってきた。

「こんにちは。お久しぶりです」

「あら……」

二三は一瞬、声を失った。

「カウンター、良いですか？」

「は、はい、どうぞ」

お客は大人気のブロガー当麻《とうま》清十郎《せいじゅうろう》だった。はじめ食堂に来るのは四年ぶりだろうか。あの頃は二十代後半、今は三十を過ぎているはずだが、青年の雰囲気は少しも変っていない。

当麻はカウンターに座り、懐かしそうに店内を見回した。

「ええと、日向夏のフローズンサワー下さい。それと……」

当麻は紙のメニューと黒板のメニューを見比べた。

「メニュー構成、結構変りましたね。昔はわりと作り置き料理が多かったけど、今はその場で調理するメニューが増えましたね」

「はい。うちの若頭が頑張ってくれるんで」

二三はカウンターの万里を見遣った。万里は黙って軽く頭を下げ、当麻は屈託のない笑みを浮かべた。

「ああ、なるほど。白身魚の中華蒸しか。美味そうだなあ」

「お客さん、蒸し鶏もあるんです。どっちにしますか？」

万里がカウンターの中から声をかけた。さらりとした、他意のない口調だった。

「ううん、両方食べたいけど、今日は魚の方でお願いします。あと、筍とワカメの木の芽和え、ホタルイカのアヒージョ……あ、洋風おから、懐かしいな。これも」

当麻はテキパキと料理を注文し、凍らせた日向夏を入れたサワーに目を丸くした。

「爽やかで良いなあ。そう言えば、前に来たときは冷や汁、ありましたよね？」

「はい。でも、あれは夏限定なんですよ」

「今日のシメ、何かお勧め、ありますか？」

「そうですねえ。筍とアサリの小鍋立ての汁でお雑炊にするか、日向夏の冷製パスタか、お時間掛かりますけど本日のスペシャル」

「それはスペシャルでしょう、絶対」

当麻は嬉しそうに微笑んだ。

まことに好青年だと、今でも二三はそう思う。知性的で礼儀正しく、気取らず爽やかで自然体、その上外見からは想像も出来ない大食いなのだ。唯一の欠点はモテすぎることだろう。色目を使ったり口説いたりするわけではないのに、女の方から当麻に寄ってくるのだ。そして当麻も来る者は拒まず、去る者は追わない。

四年前、当麻のブログ本の担当になった要はすっかり夢中になってしまった。しかし、ナチュラルボーンモテ男当麻の奔放な行動についていけず、泣く泣く別れを決意した。当麻にしてみれば次々女性と付き合うのは、蝶《ちょう》が花から花へ蜜《みつ》を求めて飛んでゆくように、極めて自然な行動なのだろうが、要には耐えられなかった。

二三は当麻を悪く思っていない。本当は少し気の毒に思っている。当麻は極めて正直に振る舞っているだけで、それが誰かを傷つけるとは想像できないのだ。しかし、それを理解してくれる女性はほとんどいないに違いない。この先、誰にも理解されずに中年になり、老年になるのはきっと寂しいだろう……。

二三は調理に余念の無い万里の横顔を盗み見た。かつては要の件で当麻に嫉妬《しっと》したものだが、今では完全に過去の出来事になっているのだろう。接する態度も平静そのものだ。

「ねえ、何にする？」

「生ものはやめとこう。ヤバいから」

「魚もヤバくね？」

テーブル席の四人のヒソヒソ話は続いている。

「木の芽和え、香りが良いですね。筍も木の芽も新鮮な証拠だ」

当麻は声を弾ませ、酒のメニューを開いた。

「ここ、酒の品揃えが良いのもステキですよね。そうだなあ……最初の一杯は磯自慢《いそじまん》。一合下さい」

メニューを置くと、当麻は眉をひそめた。

「それにしても、ネットって言うのは、諸刃《もろは》の剣ですよね。僕だってブログで喰《く》ってるからお世話になってるんだけど……」

当麻は大袈裟《おおげさ》に溜息《ためいき》を吐《つ》いた。

「最近のネット犯罪を見ると、暗澹《あんたん》とした気持ちになります。匿名をいいことに根も葉もない誹謗中傷は書き放題、リベンジポルノ、架空請求、仮想通貨詐欺……例を挙げたらきりがない」

当麻は誰に語りかけるともなく先を続けた。

「グルメサイトもサクラがいたり……。僕は読んでくれる人の役に立つ情報を提供したいと願ってます。だから自分が体験したことを正直に書いてる。でも、今みたいな状況が続いたら、ネット情報の信用性なんて、なくなるんじゃないかと不安になります」

テーブル席が少しざわついた。

「あれ、もしかしてトーマじゃね？」

「まさか」

「でも、ブログって……」

「トーマがこんな店、来るか？」

当麻はいきなり立ち上がり、テーブル席に歩み寄った。

「どうも、初めまして。当麻清十郎です」

四人の若者は呆気《あつけ》に取られたように、ポカンと口を半開きにした。

「僕、はじめ食堂のファンなんですよ。安くて美味しくて店の人が親切で。しばらく足が遠のいちゃったけど、また来たいなって思ってたんです。四年ぶりに来たら、前よりもっと良い店になってて驚きました」

そして、悲しそうに付け加えた。

「最近、ネット上でひどいこと書かれて、本当に腹が立ちました。全部根も葉もないデマです。皆さん、今日、ここで体験したことを正直に書いて、ネットに上げて下さい。よろしくお願いします」

当麻がペコリと頭を下げると、四人の若者も反射的にお辞儀した。

「当麻さん、ありがとうございます」

二三も一子も万里も、当麻に向って深々と礼をした。当麻は「いいえ」と顔の前で片手を振った。

「皆さんを応援したい気持ちはもちろんですが、それ以上に、僕はネットの信用性を守りたいんです」

「あのう……」

四人組の一人が手を挙げた。

「生ビールの中ジョッキ二つと、日向夏のフローズンサワー二つ。それと洋風おから、ホタルイカのアヒージョ、日向夏のサラダ、筍とエリンギのオイマヨ炒め、シラスオムレツ、中華風蒸し鶏で」

そして、遠慮がちに尋ねた。

「出てきた料理、写真撮って良いですか？」

「はい、どうぞ」

二三は笑顔で答えた。


「でも、良かったね。トーマの新しい記事が出てから、風向き変ったんでしょ？」

フローズンサワーのグラスを片手に、はなが訊いた。

「うん。あれからネットの書き込みも減って。好意的なのもちらほら出てきたし」

「それで、結局、犯人は分ったの？」

「書き込みをした人間は十人くらい分ったけど、本当は裏で糸を引いてる奴《やつ》がいたみたいだ」

四月も終りに近づいたある夜だった。カウンターにははなの他に康平、山手、後藤の常連三人組がいる。

「そいつは誰だ？」

「前に、俺をスカウトしてくれた人、いたでしょ？」

「ああ、不倫スキャンダルで騒がれた……」

フード・コーディネーターの長瀬真琴《ながせまこと》だ。

「あの人とその愛人らしい」

「ああ、大物ＩＴ実業家か。そんなら、ネット操作はお手の物だな」

康平が不愉快そうに口の端をひん曲げた。

「それにしても、どうしてはじめ食堂なんだ？」

山手がどうにも腑《ふ》に落ちないという顔で呟いた。

「要は、自分の勤めてる会社の雑誌がスキャンダルすっぱ抜いたから、その腹いせじゃないかって言うんだけど……」

万里は出来立てのオムレツをカウンターに置いた。今日の具は温故知新でコンビーフだ。

「こんばんは」

そこへ入ってきたのは月島のパン屋ハニームーンの宇佐美萌香《うさみもか》・大河《たいが》の姉弟《きょうだい》だった。

「この前話した、お宅のパクりの店なんですけど……」

二三がおしぼりとメニューを持っていくと、萌香が待ちかねたように口を開いた。

「つぶれちゃったんです、昨日」

「まあ」

それは真琴がプロデュースして新規オープンした店で、ライバルとなるはじめ食堂をつぶすために、彼女は架空の引き抜き話で万里を店から切り離そうと画策したのだった。

「まあ、しょうがないけどね。内容はチェーン店の居酒屋並で、値段はそれほど安くなかったし」

大河はおしぼりで手を拭きながら生ビールを注文した。

宇佐美姉弟の話で、二三は何となくはじめ食堂が狙われた理由が分ったような気がした。真琴にすれば、上手《うま》く行きかけた計画が最後にひっくり返されて、大いに屈辱だったのかも知れない。だから愛人のＩＴ実業家を焚《た》きつけて……。

しかし、二三は途中でその考えを振り払った。

一子の言う通り、災難は空から降ってくるのだ。理由も原因もないし、予測も出来ない。避けることも難しい。

だから、自分のせいにしてはいけない。どんなときも自分を信じて、前を向くのだ。理不尽に負けないように。

「今日のシメはスペシャルなんですけど、お二人は召し上がりますか？」

萌香も大河もパッと目を輝かせた。

「トーマのブログに載ってた、あれ？」

「はい」

「やったね！」

「是非、お願いします！」

二三はカウンターに戻ると、万里に告げた。

「パエリアのご注文、二名様追加」

「へ〜い」

一時間ほど後、パエリア十人前が炊き上がった。

「すごい！　トーマのブログと同じ！」

はなも萌香もスマホを取り出して写真を撮った。

パエリア鍋は直径三十六センチを奮発した。出来上がったパエリアはアサリとホタルイカをメインにトッピングしてある。そして、飾りにはレモンのくし切りの代わりに日向夏を使った。お好みで汁を搾っていただく。

「良いでしょ？　日向夏とホタルイカのマリアージュよ」

鍋の前で二三は胸を張った。

「もう、おばちゃん、良いから早くよそって」

お客さんの催促の声に、はじめ食堂の春も爛漫だった。

第五話——あの日の親子丼

この年の五月一日、新天皇が即位され、元号は平成から令和へと改まる。昭和四十年に産声を上げたはじめ食堂も、いよいよ第三の時代を迎えるのだ。

平成最後の土曜日は四月二十七日。世間では十連休の幕開けだが、はじめ食堂は平成の最後を飾る営業日として、通常通り夕方から店を開けた。そして年末に倣ってパーティー形式で「平成を送る会」を催したのだった。

会には夜のご常連、辰浪康平《たつなみこうへい》・山手政夫《やまてまさお》・後藤輝明《ごとうてるあき》・菊川瑠美《きくかわるみ》はもちろん、ランチのご常連、野田梓《のだあずさ》と三原茂之《みはらしげゆき》、昼も夜も週一で顔を出す桃田《ももた》はなも出席した。

バイキング形式で楽しんでもらえるように、カウンターの上には大皿に盛った料理が並べられた。アスパラベーコン、空豆と小エビの中華炒《いた》め、カブと鶏《とり》団子のクリーム煮、独活《うど》とワケギとトリ貝のぬた、日向夏《ひゅうがなつ》のサラダ、カリフラワーのガーリックバター焼き、海老《えび》フライ、一口カツ、鯛《たい》の中華風姿蒸し……そしてひときわ目を引くのは刺身盛り合せの大皿だ。

通常、はじめ食堂は鮮魚の刺身は出していない。それが真鯛・スズキ・メバル・マグロ・カンパチ・ホタテ・ボタンエビ・ホタルイカと、目にも鮮やかな旬《しゅん》の魚介が皿からはみ出しそうなボリュームで盛り付けられているのだ。

「刺身は魚政《うおまさ》さんからご寄贈いただきました！」

一子《いちこ》がカウンターの中で声を張ると、満員の客席からは一斉に拍手が湧《わ》き起こった。

「いよ！　魚政！」

「日本一！」

万里《ばんり》が大皿を抱えてカウンターから出てきた。その上に鎮座しているのはローストビーフだ。

「はい、メインの登場です！」

いくらか茶色味を帯びた牛肉の大きな塊からは湯気が立ち上り、食欲を刺激する香草の匂《にお》いも漂ってくる。お客さんたちは思わず歓声を上げた。

「皆さん、ローストビーフはお代わりありますから、あわてないで切り分けて下さい」

万里に続いて二三《ふみ》もカウンターから顔を覗《のぞ》かせて声をかけた。

「シメには筍《たけのこ》ご飯とパエリアを用意してあります！」

四月からパエリア鍋《なべ》は大活躍だ。これも一種の炊き込みご飯だから、季節感のある具材を使って一年中提供できる。四月の掉尾《ちょうび》を飾るパエリアのトッピングは、やはりアサリとホタルイカ、そして日向夏だ。

「後藤さん、十連休、どうすんですか?」

はじめ食堂自慢の手作りタルタルソースを海老フライにたっぷり載せて、はなが左隣の後藤を振り向いた。

「うちは毎日が日曜日だから、あんまり関係ないな。終りの方で、娘が孫連れて遊びに来ることにはなってるけど」

後藤の一人娘は結婚して大阪に住んでいる。久しぶりに孫と会える喜びに、後藤の声は弾んでいて、はなも同席しているご常連も微笑を誘われた。

「良かったですねえ。お孫さんも楽しみにしてますよ。野田さんは? 旅行とか行くんですか?」

はなの右隣に座る梓は、つまらなそうに首を振った。

「全然。家でブラブラ。何処《どこ》もかしこも混んでるでしょ、出掛ける気になれなくて」

「インバウンドがすごいらしいね。京都は外国人観光客に押されて、日本人が減ったって」

ローストビーフに舌鼓を打った康平が、梓とはなのグラスに久保田《くぼた》を注《つ》いだ。二人は康平に一礼し、グラスを合せた。

「でも、ずっと家ってのも、もったいないですね」

「まあ、途中で近場の温泉に行くけどね。一泊二日だから、旅行とも言えないけど」

「はなちゃんは、どっか行くの？」

「ううん、勉強。休みのうちに仕事覚えたいし」

「偉いわねえ」

と、ビールを飲み干した山手が苦々しげに口を歪《ゆが》めた。

「十連休って言ったって、嬉《うれ》しいのは学生とサラリーマンと役人だけさ。こっちは迷惑なんだよ。十日も商売休まなきゃなんねえ」

「あたしだって同じですよ。日給ですもん」

梓は口を尖《とが》らせた。銀座の老舗《しにせ》クラブのチーママだから、企業や官公庁が休めば店も休みで、その日の売上げもゼロになる。

「うちも飲食関係の配達が減るからなあ……」

康平も浮かない顔をした。

「それなのにお酒何本も寄付したんでしょ？　太っ腹だね」

「はなちゃんに褒められると鼻が高いよ」

今日の宴会用に、康平は久保田・鯉川《こいかわ》・伯楽星《はくらくせい》の一升瓶を提供してくれた。はじめ食堂は感謝の印に、山手と康平からは会費をいただいていない。

「三原さんのとこは反対に忙しいんじゃありませんか？」

梓の問いに、三原は控えめな笑みを浮かべた。

「幸いなことにお客さまは増えています。しかし、ここで油断したら東京五輪の後が怖い」

三原は久保田のデカンタを取り、自分と康平のグラスに注いだ。

「でも、帝都《ていと》みたいな老舗なら、固定客だって相当な数でしょ。これからも安泰なんじゃありませんか？」

「新しいホテルも増えましたからね、うかうかしていられません。日々サービスを向上させて、新しいお客さまを獲得しないと。そして、リピーターになって下さるお客さまを増やさないと、いずれ泣きを見ることになります」

「帝都ホテルも日々勉強なんだ。偉いねえ」

はなの言葉に、テーブルは笑いに包まれた。

「菊川先生は、連休中は教室も休みなんでしょう？」

梓が尋ねると、瑠美はひょいと肩をすくめた。

「教室はね。でも、地方出張がバッチリ入ってるの。前半が九州、後半は北海道と東北」

「まあ」

「午後が料理教室で夜が講演。スケジュールびっちりで、休み無し。普段の日より忙しいわ」

瑠美は情けなさそうに顔をしかめた。

「翌日の準備があるから、講演の後で呑《の》みに行くことも出来ないのよ。せっかく九州と北海道と東北に行くのに、ホテルに缶詰」

「カワイソ～」

はなが同情を込めて相槌《あいづち》を打つと、瑠美はきっと前方を見据えた。

「だから、今日は思いっきり呑んで食べるつもりよ。康平さん、鯉川もらって良いですか？　このお酒、初めてです」

「もちろん、どうぞ、どうぞ。山形のお酒で、バターを使った料理に合うんです。今日なら……カリフラワーのガーリックバター焼き。それと、海老フライや鯛の中華風姿蒸しにも合うと思いますよ」

「ありがとうございます。早速取ってきます」

「それとね、鯉川って、藤沢周平《ふじさわしゅうへい》が贔屓《ひいき》にしてたお酒なのよ。確か先代の蔵元さんにお世話になったとかで、ご贈答のお酒は義理固く鯉川に限ってたんですって」

最後に説明を加えたのはもちろん、読書好きの梓だった。

会が始まって一時間ほど経《た》ったとき、店の戸が開いた。

「こんばんは」

「すみません、今から良いですか？」

月島《つきしま》のパン屋ハニームーンの宇佐美萌香《うさみもか》・大河《たいが》姉弟《きょうだい》がガラス戸の隙間《すきま》から顔を覗かせた。

「いらっしゃいませ。どうぞ、奥の方へ」

二三はカウンターから出て愛想良く出迎えた。

「おばちゃん、俺《おれ》たちそろそろ失礼するから、ここ、空くよ」

ご常連の中年男性二人組が気を利かせてくれた。

「まあ、すみませんね。あ、ちょっと待って下さい」

二三はご常連をレジ前に待たせてカウンターに入り、すぐにとって返した。

「はい。お土産。筍ご飯」

ビニール袋に入れたパックを二つ、差し出した。

「ありがとう。ごちそうさん」

「連休明けましたら、またよろしくお願いします」

お客を見送って店内に戻ると、萌香と大河の前にはすでに甘夏のフローズンサワーと生ビールのグラスが置かれていた。万里が素早い仕事をしてくれたのだろう。

萌香は二三に小さく頭を下げた。

「ごめんなさいね」

「いいえ。来て下さって良かった。何しろこれからずっと休むんで」

大河はカウンターの上の大皿料理を目にして、顔をほころばせた。

「すごい ご馳走《ちそう》だな。これで三千五百円じゃ、儲《もう》けゼロと違いますか？」

「大丈夫。お刺身と日本酒は寄付ですから、何とか」

大河は早速料理を取りにカウンターに向った。

「お宅も連休はずっとお休みですか？」

萌香はグラスを片手に首を振った。

「休みの日でも朝、パンを食べる家は多いから。うちは三・四・五・六がお休みで、他の日はお店開けます」

「良いわねえ。うちは会社がお休みすると、ランチも夜もお客さん全然入らないの」

「弟はブーブー言ってますよ。ホントは十連休で海外に行きたかったって」

「商売繁盛が一番ですよ」

二三は軽く笑ってカウンターに戻った。今夜、店は二回転するだろうから、料理を足しておかないと……。

一子は追加分の海老フライと一口カツを揚げ始めており、万里も二尾目の鯛を蒸している。二三はカブと鶏団子のクリーム煮の鍋を火に掛けて温め直し、空豆と小エビの中華炒めの準備に入った。

今日は飲み放題なので、お客さんも心得ていて適当に自分で酒を注いでいる。慣れない人には康平やはなが親切に、冷蔵庫から好みの酒を出したり、生ビールをサーバーから注いだりしてくれた。

「万里君、今日は片付けは良いから、店閉めたらそのまま帰って」

二三は声を落として耳打ちした。

「気い遣わなくて良いよ、おばちゃん。飛行機、夜だから」

万里は明日から六日間、友達五人でモルディブへダイビングに行くことになっている。友人の一人はダイビングのインストラクターで、モルディブツアーの引率経験も豊富であり、万里は大船に乗った気でいた。

「それより万里、食べ物大丈夫なの？　モルディブってシーフードでしょ？」

大皿から料理を取り分けていたはなが、カウンター越しに話しかけた。

「大丈夫。ホテルはビュフェスタイルで、和洋中、何でも揃《そろ》ってるってさ」

二人の会話を聞きながら、一子はモルディブの位置を思い浮かべた。インド洋に浮かぶ島と聞いたが、一子のインドのイメージはカレーとターバンだけで、ダイビングとはにわかに結びつかない。それでも、日本から随分遠いということは分る。

「ハワイとどっちが遠いのかしら？」

呟《つぶや》いて、思わず苦笑した。箱根から西へ行ったことが一度しかないのだから、モルディブの距離感が分らなくても仕方ない。

「ねえ、おばさんたちは旅行、行かないの？」

はながカウンターの横から首を突っ込んで訊《き》いた。

「うん。二、三日温泉にでも行こうかと思ったんだけど、何処も混んでてねえ……」

「海外に行ったつもりで都内の高級ホテルに泊まろうかと思ったら、そこも一杯で」

二三と一子は三原に聞こえないように声をひそめた。三原は帝都ホテルの特別顧問だから、相談すれば便宜を図ってくれたかも知れないが、これまで三原にははじめ食堂のことで力になってもらったので、プライベートな用件で煩わせるのは控えたのだ。

「でも、明日から九日ものんびり骨休めできるわけだから、考えてみれば贅沢《ぜいたく》よ」

「ホント。忌引きより長く休めるの、初めてよ」

何の気なしに口を滑らせて、二三はしまったと思った。二三が勤めていた大東《だいとう》デパートの忌引きは七日だった。もしかして、高《たかし》が急死したときのことを、一子に思い出させてしまったかも知れない。

しかし、一子は楽しげに笑い声を立てた。

「あたしたちは命の洗濯。はなちゃんは勉強、頑張ってね」

閉店は通常より一時間延長して十時だったが、お客さんはそれまでに二回転半した。はじめ食堂の平成最後の営業日は、出血大サービスした割りには、ほんのちょっぴり黒字で終った。

店を閉めると二三と一子は万里を帰し、後片付けは明日に回して店を出た。

九連休の前の大イベントを終え、このまま寝てしまうのはもったいない。二人が向った先はもちろん、清澄《きよすみ》通りのバー月虹《げっこう》だった。

「いらっしゃいませ」

マスターの真辺司《まなべつかさ》は落ち着いた物腰で二人を迎えた。

平成最後の土曜日を静かなバーで過ごしたいと思う人は多いらしく、テーブル席はグループ客で占められ、カウンターも満席だった。しかしタイミング良く、客のほとんどが引き上げるところで、カウンターのカップル以外は二人と入れ替るように店を出て行った。

「ご盛況ですね」

「ありがとうございます。珍しく……ですが」

二人が腰を下ろすと、真辺はおしぼりと膝掛《ひざか》けを勧めた。

「何をお作りしましょうか？」

二三と一子は一度顔を見合わせてから、正面に向き直った。

「そうねえ……平成最後を送るのに相応《ふさわ》しいカクテルがあれば」

「私も」

真辺は余裕の表情で頷《うなず》いた。今夜はそういう注文を出す客が多いのかも知れない。

「承知致しました。実はカクテルにも花言葉と同じく、カクテル言葉のようなものがございます。そこからの関連で、まずXYZ《エックスワイズイ》はいかがでしょうか？」

「ＸＹＺ？」

「はい。アルファベットの最後の文字を使っているので、文字通り『終り。最後』という意味になります。ラムベースでホワイトキュラソーとレモンジュースを加えてシェイクしたカクテルです。爽《さわ》やかで口当たりがよろしいですよ」

「じゃ、それでお願いします」

「畏《かしこ》まりました」

　真辺はグラスに氷を入れて冷やすと、レモンをカットして絞り、カクテルの準備を始めた。シェイカーにラム２・ホワイトキュラソーとレモンジュース１の割合で注ぐと、鮮やかな手並みでシェイクを始めた。水分を拭《ふ》き取ったグラスに、ピッタリ二杯分のカクテルが注がれた。

　二三と一子はグラスを合せ、ゆっくりと口に含んだ。ラムの刺激をホワイトキュラソーの甘さとレモンの爽やかさが包み込み、口の中に鮮やかな風味を広げたかと思うと、すっと喉《のど》に落ちてゆく。

「美味《おい》しい……」

「オートクチュールの味がする」

　真辺は嬉しそうに頭を下げた。

「ありがとうございます。実はＸＹＺにはもう一つの意味を読み取ることも出来るんです」

「なんでしょう？」

「終りの次は始まりです。平成を見送ると同時に、令和をお迎えするカクテルと受け取ってくだされば幸いです」

「なるほどねえ」

二三と一子は感心して、同時に頷いた。

「お姑《かあ》さん、何かお摘まみ取りましょうよ」

「そうねえ。あたし、ドライフルーツにするわ」

「それじゃ、ドライフルーツとチーズ下さい」

二人はカクテルをゆっくり味わいながら、店内を流れる静かな時間に身を委《ゆだ》ねた。

しばらくして二人のグラスが空になると、真辺は控えめに「もう一杯何かお作りしましょうか？」と申し出た。

「そうね。ふみちゃん、何にする？」

「私、せっかくだから、マスターの仰《おつしや》るカクテル言葉で選びたいわ」

「あら、そりゃ良いわね。いくつか挙げていただけないかしら？」

「はい。お二人に相応しい言葉を持ったカクテルは……」

真辺はグラスを磨く手を休め、ほんの少し考えてから口を開いた。

「フロリダ、ダイキリ、ミモザ、マイアミ……と言ったところでしょうか」

「それ、カクテル言葉は何ですか？」

「元気、希望、真心、天使の微笑《ほほえ》み、になります」

二人は同時に笑い声を立てた。

「まあ、どれも素晴しいこと」

「マスター、お上手ねえ」

二三は一子の方に顔を向けた。

「私、元気が良いな。お姑さんは？」

「う～ん。希望にしようかしら」

「じゃ、それでお願いします」

真辺は「畏まりました」と一礼してから、「実は元気のカクテルフロリダは、ノンアルコールになりますが、如何《いかが》致しましょう？」と尋ねた。

「ノンアルコールはねえ……せっかくのカクテルだし。それじゃ、真心に変更します」

希望のカクテル言葉を持つダイキリは、ラムとライムジュース、砂糖をシェイクして作る。真辺は砂糖を控えめにしているという。ラムをダブルにして砂糖を抜き、グレープフルーツジュースとチェリーリキュールを加えてクラッシュドアイスといっしょに、ミキサーにかけてシャーベット状にしたものはヘミングウェイが愛飲し、「パパ・ダイキリ」と呼ばれている。

真心のカクテルはミモザ。フルート形のグラスにシャンパンを注ぎ、同量のオレンジジュースを注いで軽くステアする。黄色い花を付けるミモザと色合いが似ているので、この名前がついた。

「乾杯」

二三と一子は再びグラスを合せた。

「そう言えばマスターはこの連休、お店、どうなさるんですか？」

「うちはカレンダー通り、明日からは休業します」

「うちと同じですね。私と姑《はは》は家でグダグダするだけですけど、娘は昨日から友達と東南アジアで、万里君はモルディブへダイビングですって。若い人は羨《うらや》ましいわ」

「冒険心があって、良いことです。最近の若者は海外へ行かなくなったと言われてるわけですから」

「マスターはこの九連休、どうなさるの？」

一子はダイキリのグラスを手にして尋ねた。

「実は、墓終《はかじま》いをすることになりまして」

真辺はさらりと口にしたが、二三と一子は一瞬言葉に詰まった。

「故郷の和歌山には先祖代々の墓があるんですが、男の子は私だけで、姉と妹は他県に嫁いでおります。私もとうに還暦を過ぎましたし、この先墓を守っていくのは難しくなりました。実際、和歌山を出てからの方が長いですし、故郷との縁も年ごとに薄くなってゆきます。それにうちは子供もおりませんので」

「それは、まあ……」

「立ち入ったことを伺ってしまって……」

真辺は恐縮して首を振った。

「いえ、私も何となくお二人に聞いていただきたい気分だったんですよ」

二三は改めて墓について考えさせられた。

浅草にある一《にのまえ》家の墓には夫の高、その父である孝蔵《こうぞう》とその両親が眠っているので、一子も自分も死んだら当然そこに入るものと思い、これまで深く考えたことはなかった。ところが春の還暦同窓会で再会した中学・高校の同級生の中には「夫の家の墓には入りたくない。夫婦で入れるお墓を買った」とか「夫とはこの世限りの縁。死んだら両親と一緒に自分の家のお墓に入る」、あるいは「お墓は要らない。骨は散骨してもらう」まで、実に様々な意見の持ち主がいた。

そして、それは主に女性だった。ほとんどの男性はその意見を聞かされて驚いていた。東京生まれ東京育ちで近郊に家の墓を持つ者が多いので、死んだら夫婦で一緒にそこに入ると信じて疑わなかったのだろう。

「あのう、またしても立ち入ったことを伺いますけど、菩提寺《ぼだいじ》の方はすんなり墓終いを認めてくれるんでしょうか？」

二三は遠慮がちに尋ねた。離檀《りだん》する際に寺と揉《も》めて高額な離檀料やお布施を要求されたという記事を、読んだ記憶がある。

「それはまあ、すんなりとはいきませんでしたが、何とか話し合いでまとまりました。近頃《ちかごろ》は墓終いする人が増えているので、お寺さんも諦《あきら》めているんでしょうね」

そして苦笑を浮かべて付け加えた。

「私もトラブルになるという記事を読んでいたので、戦々恐々だったんですが、実際には意外なほど揉めないですみましたよ」

「あのう、度々ぶしつけなことを伺いますけど……」

今度は一子が遠慮がちに口を開いた。

「お骨《こつ》の移転先などは決まってらっしゃるんですか？」

「はい。去年からあちこち探しまして」

ひと組残っていたカップルも席を立ち、店内には二三と一子の他に客はいなくなっていた。

「墓地、霊園、あれこれ見て回ったのですが、結局、目黒駅からほど近いマンション形式の室内墓……納骨堂になるんでしょうかね、そちらに決めました。家族用の墓には十五体まで納骨可能なので、両親とご先祖、それに亡くなった家内と私の骨も一緒に、永代供養をしてもらうことにしました」

去年オープンしたばかりの新しい施設で、瀟洒《しょうしゃ》なマンションの建ち並ぶ緩やかな坂道を上った高台にあるという。

「真新しいシルバーグレーの建物でしてね。他の施設に比べても敷地が広々としていて、ひと目で気に入りました」

真辺の口調は普通のマンションを語るのと変わりなく聞こえた。

「ただ、家内の遺骨は家に置いてあるんです。面識もない私の身内の中に独りだけ入れるのは可哀想《かわいそう》なので、私が骨になってから一緒に入ることにして」

二三も一子も、真辺の亡き妻を思う心に打たれ、深く頷いた。

「でも、マスターはご立派ですよ。キチンと墓終いをなさるんですから。放置されて無縁墓になってしまうより、仏様はずっとお幸せだと思います」

一子は最近無縁墓のことを新聞で読んだ。特に地方の過疎地帯ほど無縁墓の増加が進み、熊本《くまもと》県人吉《ひとよし》市が二〇一三年に実施した調査では、市内の墓のうち約四十三パーセントが無縁墓だったという。

「一子さんにそう言っていただけると、ホッとしますよ」

真辺は面映ゆそうに目を瞬かせた。

「ただ、私も内心忸怩《じくじ》たる思いはあります。子供の頃はお盆とお彼岸、それに桜の季節には家族揃ってお墓に参って、弁当を食べたりしたものです。私の代であの墓を手放してしまうのは、申し訳ない気持ちです」

「マスターのそのお気持ちは、ご両親もご先祖様も、きっと分ってくださいますよ。だって皆さん、今は仏様なんですから」

一子が言うと、真辺は黙って軽く頭を下げた。

と、気が付けば時は過ぎ、深夜に近くなっている。

「お姑さん、ちょっと小腹が空《す》かない？」

「今日は忙しかったからね」

二人は夜の賄いをほとんど食べていない。大皿料理はお客さんたちがあらかた平らげて、あまり残らなかった。

真辺がすかさず申し入れた。

「よろしかったら、茶がゆを召し上がりませんか？」

「茶がゆ？」

二三と一子は同時に繰り返した。

「あれは奈良のソウルフードでしょ。マスターは和歌山じゃ？」

「はい。うちの母は和歌山でも奈良に近い土地の出身なんです。だから子供の頃から茶がゆは毎日のように食べていました」

　そしてニッコリ笑って付け加えた。

「自分の夜食用にいつも作って置いてあるんです。温めるだけなので、すぐ出来ますよ」

「あら、それじゃ、是非」

　真辺は冷蔵庫からタッパーを取り出し、中身を小鍋に移し替えると火に掛けた。温まった鍋から、香ばしいほうじ茶の香りが漂ってきた。

「さあ、どうぞ」

　ほどなく、小ぶりの丼《どんぶり》に湯気の立つ茶がゆをよそい、小皿に味噌《みそ》漬けと奈良漬けを添えて出してくれた。小皿の隅に盛ってあるのは藻塩だった。

「お塩はお好みでどうぞ」

　木のスプーンで茶がゆをすくい、まずはそのまま口に入れる。米から炊いた粥《かゆ》の折目正しい食感とほうじ茶の香りが、優しく清々《すがすが》しい。藻塩を振れば柔らかな塩味と海藻の出汁が加わる。真辺の出してくれた奈良漬けは甘味が少なく、酒粕《さけかす》の香りが立っていて、意外なほど茶がゆと相性が良い。

「美味しいわ。いくらでも入りそう」

「スプーンが止まらない……スプーンの永久運動」

　真辺は玄米茶を淹《い》れながら、優しく言った。

「お粥は消化が良いですから、お腹《なか》一杯召し上がっても、胃にもたれません」

はじめ食堂の平成最後の営業日は、こうして穏やかに幕を下ろしたのだった。


「あ～あ、日本を発《た》つときは平成、帰ったら令和。二つの時代を股《また》に掛けたなんて、スケールでかいよねえ」

五月一日の夜、要《かなめ》は茶の間に足を投げ出して「う～ん」と伸びをした。六日間のタイ・ベトナム旅行から戻ってきたその日が即位の礼で、改元当日だったのだ。

「ねえ、万里はいつ帰ってくんの？」

「金曜日」

「優雅だねえ。五泊六日モルディブの旅なんて。目の玉飛び出るほどふんだくられたよ、きっと」

「あんただって他人《ひと》のこと言えないでしょ」

「私はコネで格安チケットゲットしたもん」

「万里君も友達が旅行会社にコネがあって、飛行機のチケットが割安で手に入ったって言ってたわよ」

一子は部屋の隅をチラリと見て苦笑した。蓋《ふた》の開いた大型トランクの中には、ビニール袋に詰めた洗濯物が押し込まれている。旅先で洗濯をするという選択肢はなかったらしい。

帰ってくるなり冷蔵庫から缶ビールを出してきて、荷物の整理など頭にない。

「ところで要、あんた、お墓どうする？」

要はビールにむせそうになった。

「やだ、お母さん。何よ、急に？」

「だってあんた、一人娘でしょ。私とお祖母《ばあ》ちゃんはお父さんのお墓に入るけど、その後あんたはどうするかと思って。もし一人息子と結婚したら、両方の家のお墓の面倒見ないといけないかも知れないし。そうなったら大変じゃない？」

要は呆《あき》れた顔で首を振った。

「突然そんなこと言われたって、分んないよ。これまでお墓のことなんて、全然考えてなかったもん」

「そりゃそうよねえ。要にはずっと先の話だもの」

一子はしみじみと呟いて、同意を求めるように二三を見た。

「私も考えたことなかったんだけど、先週月虹に行ったら、マスターがね……」

二三は真辺の話を要に聞かせた。途中から要は何か思い出したような顔になった。

「最近、多いのよねえ。うちの会社でも去年、お墓の本作ったはず」

立ち上がって自分の部屋に入り、ソフトカバーの本を片手に戻ってきた。

「これ、これ。結構売れたのよ。四刷りまで行ったかな」

ちゃぶ台の上に置かれた本は『お墓、どうする?』というタイトルで、帯には「誰もが抱えるお墓問題。あなたのお墓はどうなる? 移り変るお墓とご供養の全《すべ》てがこの一冊に!」という文字が躍っていた。

「最近、生まれる子供の数はどんどん減って、亡くなる人の数は増える一方なのよ。特に団塊の世代が九十歳を超える二〇四〇年頃には死亡者がピークに達するんだって」

厚生労働省では約一六八万人が亡くなると予想しているという。

「だから今はお墓が増えてるのよ。墓地とか霊園より、マンション形式の納骨堂が人気で、新築も含めて都内に三十箇所あるんだって。多分、これからもっと増えるんじゃないかな」

マンション形式の納骨堂は高級マンションか美術館のような外観の建物で、大きく分けると遺骨が動く自動搬送式と、遺骨が動かない仏壇式・ロッカー式がある。

「な、なに、それ?」

二三は意味が分らず、目を白黒させた。

要は本を開いてある頁《ページ》を指で示した。

「月虹のマスターが買ったのは、多分ここだと思う。ここは自動搬送式でね、参拝する人がブースに立ってICカードをかざすと、納骨スペースから自分の家の遺骨が目の前に運ばれてくるわけ」

「立体駐車場みたいな感じ？」

「そう、そう」

　要は別のページを開けた。

「仏壇式とかロッカー式は、マンションみたいなもんね。自分の買ったスペースに遺骨を安置する形式。その格好が仏壇みたいになってるか、ロッカーみたいになってるかで値段も違うんだけど、遺骨がいつでも同じ場所にあって拝めるのと、お花や故人の品を持ち込んでお供えできる点が、セールスポイントかな」

　そう言ってから、更に頁を繰った。

「ほら、ここ、青山の納骨堂。六百万もするのよ。全六基のうち四基が売れて、三百万の方は十五基が完売だって。六百万って言ったら、青山墓地が買える値段なんだよ。すごいねえ」

　二三は呆れて要の顔を見返した。

「あんた、こんな本読んだくせに、全然お墓に関心なかったの？」

「だって、まだまだ先の話だと思ってたんだもん」

　一子が再び苦笑した。

「そりゃ仕方ないよ、ふみちゃん。何事も身につまされないと真剣に考えないのよ」

「そうねえ。所詮《しょせん》他人事じゃあ、仕方ないか」

だが近い将来、要にとってもお墓の問題は他人事ではすまされなくなるだろう。

「まあ、その頃は私もお姑さんも仏様になってるから、あんたの都合の良いようにしてちょうだいね」

二三はポンと要の肩を叩《たた》いた。


「あ〜、久しぶり！」

「年末年始より長かった〜！」

席に着くや、ワカイのＯＬ四人組は口々にボヤいた。

連休明けの火曜日、はじめ食堂のランチタイムは開店と同時に満席となった。

「休みの日はランチが貧弱でさ」

「私、一日の野菜はほとんどここで摂取してるから、休みだとビタミン不足になっちゃうのよね」

「それはそれは、ありがとうございます」

二三はおしぼりと一緒に愛嬌《あいきよう》を振りまいた。

何しろ今日は令和最初の営業日、ランチのメニューも気合いが入っている。焼き魚は赤魚の粕漬け、煮魚は鯖《さば》の味噌煮、日替わりはハンバーグと青椒肉絲《チンジヤオロースー》。そしてワンコインは親子丼《どん》だ。

「あら、お宅で親子丼って初めてじゃない？」

「はい。新時代メニューです」

四人のＯＬは派手な笑い声を立てた。

「ねえ、親子丼で定食にしてくれない？」

中の一人が言うと、他の三人も「私も親子丼！」と後に続いた。

「はい、畏まりました。親子丼、定食で四つで〜す！」

二三は声を張り、カウンターの向こうの万里に向って親指を立てた。万里は今日のワンコインが親子丼だと聞いた途端、「絶対、定食のオーダー集まるから！」と予言した。その通りになったのだ。

「やっぱり女子は親子丼とオムライス、好きなんだよ」

万里は得意そうに言って卵を溶き混ぜた。

ランチタイムの調理はスピードが肝心だから、親子丼に使う鶏肉と玉ネギは中鍋で煮て味付けをしてある。それを親子丼用の小鍋に移して火に掛け、卵でとじて丼に盛り、三つ葉をトッピング。所要時間はおよそ一分半で、フンワリ半熟の親子丼が出来上がる。

万里のアイデアで始めたワンコインメニューは、ササッと食べられるので店の回転率が上がるという当初の思惑とはちょっと違って、最近は二百円プラスで味噌汁・小鉢二品・漬物・サラダの〝定食セット〟を注文して食べる人が増えている。それが主に女性なのは、生野菜を食べたいからだろうか？　そう言えばガパオやカオマンガイ、中華風蒸し鶏の時も〝定食セット〟が続出した……。

「あたしも定食セットにして。親子丼なんて、もう何十年も食べてないわ」

ランチタイムの混雑の波が引いた午後一時十五分、店に現れた梓は親子丼の品書きを目にすると、早速注文した。

「僕も定食セットで。そう言えば、最後に親子丼食べてから、二十年以上経つなあ……」

三原も梓につられたように注文してから、首を傾《かし》げた。

「何故《なぜ》なんですかねえ？」

「やっぱり専門店が少ないからじゃないですか？　牛丼と天丼とカツ丼は手軽なチェーン店があるし、鰻丼《うなどん》は土用の丑《うし》の日があるけど、親子丼って言ったら『玉《たま》ひで』くらいでしょう」

「ああ、なるほど」

万里はカウンターから首を伸ばして二人に言った。

「来週の月曜はカレーライスやるんです。よろしかったら定食セットで、どうぞ」

「この店でカレーって久しぶりね。タイ米の米騒動以来じゃない？」

梓は三十年以上ランチに通うご常連だから、歴代メニューを知っている。

「万里君がモルディブ土産にカレー・スパイスを一杯買ってきてくれたの。珍しい品ばかりだから、お店で出してみたくなって」

「ホテルで食ったカレーがバカ美味《うま》だったんですよ。モルディブって隣がスリランカだから、カレー・スパイスもめちゃ種類多くて」

三原がカウンターの方に身を乗り出した。

「じゃあ万里君、僕は今から予約しておきます。はじめ食堂でカレーを食べるのは初めてだ」

「あたしはちょこっとだけ味見させてもらえる？　多分、昼は魚にすると思うから」

「ＯＫ、お安いご用よ」

その時、入り口の戸が開いて、お客が入ってきた。

「あら！」

二三と一子は同時に声を上げた。月虹のマスター真辺ではないか。

「どうも、こんにちは」

「いらっしゃいませ。ようこそ」

真辺は二三たちに会釈してから隅の席に腰を下ろした。

「お店、今日からですか？」

「ええ。それで美味しいランチを食べてスタミナを付けようと。お宅の評判はお客さまから聞いてはいたんですが、顔を出すのが遅くなってしまいました」

二三が黒板に書いたランチメニューを見せて説明している間に、一子がおしぼりとお茶を運んできた。

「連休中に、ご用は片付きましたか？」

「はい。お陰様で」

「大変お疲れ様でした。どうぞ、ごゆっくり」

一子はカウンターに戻った。真辺はじっくりメニューを眺めた末に、片手を上げて尋ねた。

「あのう、親子丼は定食に出来ますか？」

「はい。セット代二百円いただきますが」

「じゃあ、親子丼を定食でお願いします」

そして、懐かしそうに呟いた。

「親子丼食べるの、二十年ぶりかなあ」

それを聞いた梓と三原は思わず微笑んだ。

「みんな、似たようなものね」

「やっぱり、親子丼を食べる機会は少ないってことですか。子供の頃は結構食べた記憶があるんだけどなあ」

「うちも子供が小さい時分は、みんなでよく親子丼を……」

言いかけて、真辺はふっと口をつぐんだ。

二三は真辺が「子供がいない」と言ったのを覚えていたが、それを口にしてはいけないのだと感じ取った。

それでも真辺は目の前に親子丼定食が運ばれてくると、嬉しそうに顔をほころばせた。ひと箸《はし》口に運んで、ゆっくりと咀嚼《そしやく》してから、ふっと息を吐いた。

「美味しい。出汁が甘すぎなくて上品だ。卵はフンワリ半熟だし、三つ葉の香りも良い……」

溜息《ためいき》と共に賛辞を漏らすと、後はひたすら箸を動かし、ご飯一粒も残さずに完食した。

「ああ、美味しかった」

「畏《おそ》れ入ります」

二三はテーブルに行って、ほうじ茶のお代わりを注いだ。

「親子丼も美味しかったけど、ご飯と味噌汁と漬物が良いですね。これなら、どのメニューも美味しいに違いない」

真辺は勘定をテーブルに置いて言った。

「今度、夜の時間にも伺います」

「ありがとうございます。お待ちしてます」

真辺を送り出すと時刻は二時近くで、はじめ食堂は賄いタイムに入った。

「月虹は月曜定休だから、そのうち来てくれるかもね」

「俺は夜より、昼のご常連になって欲しいな。一時過ぎると店が空くから、今くらいの時間帯に来てくれるとありがたいじゃん」

万里は三人分の親子丼を作り始め、二三は余ったハンバーグと青椒肉絲をタッパーに詰めた。

「万里君、これ、今日のお土産ね。赤魚と鯖味噌はお父さんとお母さんに」

「サンクス。お袋、ここの魚は美味いって言ってた。やっぱ、業務用グリルで焼くと違うんだな。煮物も大量に煮ると、味が出るし」

今日は令和最初の夜営業日でもある。三人とも、久しぶりに来てくれるお客さんを驚かせようと、細工は流々だった。


「えっ？　何、これ？」

一番乗りで店に現れた辰浪康平は、目の前に出されたお通しに目を丸くした。上品に汁椀《わん》五分目ほど注がれた薄緑の液体は？

「春キャベツのすり流しで〜す！」

「すり流し？」

康平の目が泳ぎ、助けを求めて万里から一子へと移った。

「和のスープよ。本来は具材を擂《す》り下ろすんでしょうけど、今日はミキサーに掛けてから、漉《こ》してあるの」

「アサリで出汁《だし》取ったんだ。両方とも春が旬だから、相性良いと思うよ」

康平はそっと椀に口を付けた。そして、パッと目を見開いた。

「……いける！」

春キャベツの甘さとアサリの旨味《うまみ》が溶け合い、優しく舌を包み込む。磯《いそ》の香りとアクセントに散らした擂《す》りゴマの香ばしさが、鼻腔をほんのりくすぐった。

「前、銀座でお通しにスープを出す店があったの。それでうちもちょっとやってみようかなって思って」

二三の言葉に、康平は大きく頷いた。

「いや、良いよ。最初にこういうの出されると、食欲刺激される」

「シメにも良いんじゃないかと思うの。お腹いっぱいでもさっと入っちゃうから」

康平はすり流しを飲み干して、万里を見上げた。

「こんなしゃれたもん、何処で覚えたの？」

「三軒茶屋《さんげんぢゃや》の居酒屋で食べてさ、あんまり美味しかったから、作り方訊《き》いちゃった。素材は季節ごとに何でも使えるから、バリエーションも豊富だし」

万里は満面に笑みを浮かべて先を続けた。

「夏はトウモロコシの冷たいすり流しなんて良いよね。和風ヴィシソワーズって感じで」

「スープだけじゃなくて、ソースにも使えるんですって」

「素麺《そうめん》を入れて、煮麺《にゅうめん》も出来るし」

康平は降参するように両手を上げ、首を振った。

「それはさあ、料理出すときに教えてよ。今そんなこと言われたって、絵に描《か》いた餅《もち》より悪いじゃん」

「ごめん、ごめん」

康平が生ビールを注文すると、二三はお勧めを書いた黒板を手に横に立った。

「今日のお勧めは生ハムマンゴー、アボカドと茗荷《みょうが》のワサビ醤油和《じょうゆあ》え、新じゃがの明太《めんたい》バター、アスパラの目玉焼き載せ、アサリの酒蒸し、ルッコラのサラダ、シメは茶がゆと親子丼を用意してます」

康平は黒板を見て、不審の色を浮かべた。

「これ、生ハムメロンのマンゴー版でしょ？　俺、生ハムもメロンも好きだけど、一緒に食う奴《やつ》の気持ちが理解出来ないんだよね」

「でも、食べてみるとなかなか美味しいわよ」

「いや、やめとく。取《と》り敢《あ》えず、新じゃがとアスパラとアサリ」

「はい、ありがとうございます」

二三も長年「どうして生ハムとメロンを一緒に食べるのか？」と疑問だったので、康平の気持ちは分る。しかし先月、あるイタリアンの店で出され、食べてみたらメロンの甘味と生ハムの塩気が絶妙にマッチしていたので、以来考えを改めた。

新じゃがの明太バターは、蒸したジャガイモに明太子とバターを混ぜ合わせたペーストを載せるだけでも良いが、はじめ食堂ではジャガイモをバターで炒めて明太子を絡《から》めることにした。この方が満遍なく味が浸《し》みる。最後にほんの少し醬油を垂らした。

「いや、普通のじゃがバターよりひと味効いてる。明太子の力かな」

康平は皮付きの新じゃがを一切れ口に入れると、鯉川を注文した。「これが、バターを使った料理と合うんだよね」

鯉川一合が空になったタイミングで、山手と後藤が現れた。

「久しぶり」

カウンターに座り、いつもの調子で万里に声をかけた。

「今日のお勧めは？」

「えーっとね、卵料理が二つあるんだ。アスパラの目玉焼き載せと、シメの親子丼」

ちょうど康平の注文したアスパラの目玉焼き載せが出来上がったところだ。山手はチラリと横目で皿の上の料理を見て、即決した。

「両方くれ。あと、お勧め全部」

「毎度あり」

後藤は万里を見て不思議そうな顔をした。

「モルディブに行ってたのに、あんまり日焼けしてないね」

「はい。ずっと海に潜ってたから」

「なるほど」

アスパラの目玉焼き載せもイタリアンの店で出てきた料理だ。茹《ゆ》でたアスパラにマヨネーズ系のソースを掛け、半熟の目玉焼きを載せて粉チーズを振り、さっとオーブンで焼く。イタリアではアスパラには卵とチーズ、オリーブオイル、ワインビネガーを合せて食べるのが一般的だと、店主が教えてくれた。食べてみればその通りで、食材の相性は抜群だ。

「万里も本物の板前みたいになってきたな」

お通しのすり流しを飲むと、山手は感心して「う〜ん」と呻《うな》った。

「ホント？　そんじゃ俺、五分刈りにしちゃおうかな」

おどけて答えながらも、万里は嬉しそうだ。

「だっておじさん、万里君はスカウトが掛かったんだから」

二三は一子に目配せして言った。

「ああ、そうだった。大したもんだ」

常連さんは万里の引き抜き話を知っているが、真相は二三と一子と要だけの秘密だ。

「こんばんは」

時計が八時に近づいた頃、ハニームーンの宇佐美姉弟がやってきた。菊川瑠美と同じく、季節感のある料理と野菜類が手頃な値段で食べられるので、毎週のように来てくれる。

「あら、親子丼なんてあるんですか？」

萌香はお勧めメニューに目を近づけた。

「はい。仰って下されば、量は加減しますから」

ついでに訊いてみた。

「皆さん『親子丼は長いこと食べてない』って仰るんですよ。お二人もですか？」

「私はたまに食べてます。自分で作ることが多いですけど」

「まあ、感心だわ」

大河は萌香を見てニヤリと笑った。

「姉貴のレパートリーは親子丼と鍋物だけですから」

「イヤなら喰《く》うな」

萌香はさらりと言って二三に微笑みかけた。

「うち、親子丼は〝お袋の味〟なんです。母もパン職人で忙しかったから、手の込んだ料理はあまり作ってくれなくて。でも、親子丼は得意で、私も弟も大好物でした」

「それは最高の親子丼ですね。この世に〝お袋の味〟に勝るものはありませんよ」

二三の頭には幼い萌香と大河が親子丼を頬張《ほおば》っている姿が浮かんだ。両親はすでに亡くなっているそうだが、二人が立派に成長した姿を見れば、きっと草葉の陰で喜んでいるだろう……。


翌週の月曜日、夜営業に店を開けると、七時ちょっと前に真辺が店に入ってきた。

「こんばんは。カウンター、よろしいですか?」

「まあ、いらっしゃいませ」

真辺は先客の康平、山手、後藤に会釈してカウンターに座った。三人とも月虹には何度も行っていて顔見知りだった。

「釈迦《しやか》に説法だけど、この店、日本酒の品揃えは良いんですよ」

康平が横から口を出すと、メニューを見ている真辺は感心した顔で頷いた。

「本当だ。良い酒が揃ってますね」

「なにしろ、この若旦那《わかだんな》が仕入担当だからね。間違いなし」

山手に冷やかされて康平は苦笑した。後藤もニヤニヤ笑っている。お気に入りの店にお気に入りの仲間が増えて、みんな嬉しいのだ。

「ええと……生ハムマンゴーとアボカドと茗荷のワサビ醤油和え、若竹煮、新玉ネギのオーブン焼きでお願いします」

一杯目の酒は生ビールの小ジョッキを注文した。

「日本酒なら、〆張鶴《しめはりつる》が合いますよ。素材の味を活《い》かしたあっさりした料理にピッタリ……」

「康ちゃん、釈迦に説法よ」

一子がやんわりたしなめると、真辺は笑顔で首を振った。

「いえ、ご親切はありがたいです。私は日本酒は詳しくないので」

「大人だなあ」

万里が言うと、店内は静かな笑いに包まれた。

その時、入り口の戸が開いて、萌香と大河が入ってきた。

「いらっしゃい。萌香さん、大河さんどうぞ、空いてるお席へ」

二三の声に、真辺は見るともなく新客に目を向けた。萌香と大河も何気なくカウンターに目を遣《や》った。

瞬間、真辺は息を呑み、顔の表情が凍り付いた。萌香と大河も明らかに驚いていた。

三人が黙って顔を見合っていた時間は五、六秒くらいだったが、その間、店の空気は緊張の糸がピンと張り、いつキレても不思議ではなかった。

「すみません、ちょっと用を思い出して」

萌香がいち早く踵《きびす》を返し、大河の腕を引っ張って出ていった。真辺は身動きもせずそれを見送ったが、数秒後、呪縛を解かれたように席を立つと「ちょっと、失礼します」とかすれた声で言って、よろめくような足取りで店を出た。

残った六人は一斉に溜息を吐《つ》き、緊張の糸はほぐれた。

「なんなんだ、あれ？」

康平の呟きは一同の気持ちを代弁していた。しかし、一子は敢えて言った。

「詮索はやめましょう。人間誰《だれ》しも年を重ねれば、他人に知られたくない事情の一つや二つはあるものよ」

二三もわざと明るい声で言い足した。

「さあ、飲み直しましょう。気分直しに、お店から一杯サービスします！」

その夜、真辺がはじめ食堂に戻ってきたのは、閉店時間の九時を回った頃だった。万里が暖簾《のれん》をしまっていると、道の向こうからとぼとぼと歩いてくる姿が見えた。普段の真辺は姿勢が良く、歩く姿も颯爽《さっそう》としているのに……。

「お見苦しいところをお目に掛けまして、申し訳ありません」

深々と頭を下げ、ゆっくりと直った。その顔はわずかの間に何歳も年を取ったようで、二三も一子も万里も言葉に詰まった。

「取り敢えず、今日のお勘定を」

「それより、ちょっとお掛けになって下さい。お料理、温めましょうか？　私達もこれから賄いなんです」

　真辺は力なく首を振った。

「いえ、せっかくですが」

「じゃあ、せめてお茶くらい飲んでいらして下さい。お顔の色が悪いですよ」

　一子が促すと、真辺はやっと椅子《いす》に腰掛けた。

「追いかけてはみたものの、考えてみればあの二人に話せるようなことは何もないんです。それに気が付いて、すぐに引き返そうとしたんですが、どうにも気持ちが……。今まで、ぐずぐずと歩き回っていました。本当に、すみません」

　真辺は再び頭を下げた。

「あのご姉弟は、月島で〝ハニームーン〟というパン屋さんをやってるんです。去年開店したそうですけど、とても評判が良くて、お客さんも沢山いらっしゃるみたいですね」

「……そうでしたか」

「真辺さんも確か、こちらにお店を開いたのは去年でしたね。あのお二人のことは、ご存じで？」

「いえ、全然知りませんでした。こんな偶然があるものなんですね」

　真辺はうなだれていた顔を上げ、視線を宙に彷徨《さまよ》わせた。

「あの二人は、私の子供です。二十年前に捨てた……」

「離婚なさったんですか?」

一子は助け船を出すように尋ねたが、真辺の目に浮かんだ苦悩の色は深くなる一方だった。

「そんな立派なもんじゃありません。文字通り、私は女房と子供を捨てたんです。離婚届を置いて、女と駆け落ちしたんですよ」

真辺は重い溜息を吐いた。二三が運んできたほうじ茶を一口飲むと、いくらか落ち着きを取り戻したようで、先を続けた。

「私は若い頃、横浜のレストランで働いていました。別れた妻の家は老舗のベーカリーで、その店にパンを卸していたんです。年頃がちょうど良いということで、間に立つ人があって、結婚することになりました。お互い憎からず思っていたので、渡りに舟でした」

妻の蜜子《みつこ》は本人もパン職人だった。結婚後も真辺はレストランで働き、蜜子は実家の店でパン作りを続けた。共働きで忙しかったが、夫婦仲も良く、子供にも恵まれ、まずは幸せな結婚生活だった。

「それが、結婚して十年近く経った頃、厨房《ちゅうぼう》に料理人として月江《つきえ》が……亡くなった家内が入ってきました」

二人はひと目見た瞬間、恋に落ちた。それはこれまで真辺が経験したことのない、想像したことすらない感情だった。

「恋は残酷で、凶暴でした。損得も都合も思いやりも吹き飛びました。理性も義理人情も蹴散《けち》らして、人の心を支配するんです」

三ヶ月後、真辺は署名した離婚届だけを残し、着の身着のまま家を飛び出した。書き置きすらしなかった。自分でもわけが分らないのに、蜜子に説明できるわけがない……。

「私は月江の故郷の札幌《さっぽろ》に行き、ホテルで働きました。私はバーで、月江はレストランの厨房で。それから五年後に、東京に戻って東銀座に店を開いたんです。あとは、以前お話しした通りです」

月江が病死して店を閉め、昨年月島にバーを開店した。

「これまで、お子さん達の消息はご存じなかったんですか？」

「はい。出来るだけ関知せずにいたというのが、正直なところです」

苦悶《くもん》の色が濃くなった。

「蜜子の家は老舗の大きなベーカリーで、本人も腕の良いパン職人でしたから、私がいなくても心配ないだろうと思っていました。いいえ、そう思っていた方が都合が良かったんです。妻子を捨てて駆け落ちした私にとっては」

真辺は額に拳《こぶし》を当てた。

「しかし、現実はそうじゃなかったんですね。子供達が二人でパン屋をやっているということは、横浜の店はつぶれたか、人手に渡ったんでしょう。二人を不幸にしたのは、全て私の責任です」

一子は真辺の向かいの席に腰を下ろした。

「それで、真辺さんはこれから、どうなさりたいの？」

「私のやったことは許されることじゃありません。だから、今さら許してもらおうなんて、そんな虫の良いことは考えていません。ただ、償いたいんです。何でも良い、役に立ちたい。もし二人の力になれるなら、どんなことでもするつもりです」

二三は「恋は残酷で凶暴だ」と言った真辺の言葉に打たれていた。

その通りかも知れない。天災やもらい事故や落とし穴のように、防ぐことも避けることも出来ないのが本物の恋なのだ。だからこそ「恋に落ちる」というのだろう。

「ねえ真辺さん、萌香さんと大河さんは、不幸じゃなかったと思いますよ」

真辺は驚いて二三を振り向いた。

「お二人とも、お母さんが作ってくれた親子丼が大好きなんですって。今もよく作るそうです。『親子丼はお袋の味だ』って言ってました。そんな良い想《おも》い出《で》があるのに、不幸の一言で片付けたらいけないと思うんですよ」

「あたしもそう思います。お二人の作るパンは評判で、お店も繁盛してます。うちの店で拝見する限り、明るくて自信があって、頼もしい若者たちですよ。真辺さんと別れたことは辛《つら》い想い出かも知れませんが、それを今も恨んでいるとは思えません」

一子は万里の曾祖父《そうそふ》に当たる放浪の棋士、赤目《あかめ》将大《まさひろ》のことを思い出した。あの老人も若い頃に妻子を捨てて家出してしまったが、最後は再会を果たし、家族に看取られて安らかに亡くなった。

「……そうでしょうか？」

真辺は二三と一子を順番に見ていった。すがるような目だった。

「大丈夫ですよ。急には無理だとおもいますけど、いつかきっと、真辺さんの気持ちが萌香さんと大河さんに届く日が来ます」

一子の声は確信に溢《あふ》れていた。

真辺の目に浮かんだ苦悩の色がいくらか薄くなったのを見て、二三はホッとする思いだった。

翌日の昼、店を閉めてから、二三と一子はハニームーンへパンを買いに行った。

折良く、狭い店内は客が帰ったばかりで空いていた。昼食に出たのか、アルバイトの女性の姿もなく、レジには萌香が独りで立っていた。

「昨日は、ごめんなさい」

二人の姿を見ると、萌香は神妙に頭を下げた。

「いいえ。ちっとも」

トレーに食パン一斤とコッペパン三本を載せて差し出した。

「ええと、マーガリンとジャム、ダブルで塗って下さい」

「はい。ありがとうございます」

萌香は手早くコッペパンにナイフを入れ、スプレッドを塗り始めた。

「昨夜、あれから真辺さんが戻っていらして、少しお話を伺いました。すごく責任を感じていらっしゃるようでした」

「今さら許されるとは思っていないけど、何とか償いたい、お二人の役に立てるなら、どんなことでもしますって」

萌香は唇の端に苦笑を浮かべた。

「横浜のお店のことも心配なさっていました。もし上手《うま》く行かなくなったとしたら、全部自分が悪いんだって」

「いやだ。あれは、祖父が亡くなった後、叔父に店を乗っ取られたんです。あの人とは関係ありません」

さばさばした口調だった。

「そりゃあ、昨日は突然でびっくりしたし、今さら父親面されても困るけど、恨んでるってわけじゃないんです。だって、もう二十年も前のことだし」

大河も暖簾《のれん》の裏から出てきて、二人に会釈した。

「亡くなったお袋、太っ腹で引きずらない性格なんですよ。子供の前で恨み辛《つら》みを言ったこともないし」

「それはお母様、ご立派だわ。なかなか出来ないことですよ」

一子が褒めると、萌香も大河も嬉しそうに頰を緩めた。

「不倫が長引いてトラブってたら違うと思うけど、突然何も言わずに出ていったので、母も怒るより呆れちゃったんじゃないかしら」

「男としたら、カッコ良いっちゃカッコ良いですよね。言い訳しないで身一つで消えるって」

それから二人は表情を引き締めた。

「と言うわけで、あの人に会ったら伝えて下さい。恨んではいないけど、今さら関《かか》わり合いになりたくないって」

「僕も姉も、もうあの人とは関係ないですから」

二三も一子も穏やかに頷いた。姉弟の気持ちは良く分った。

「それはそうと、またうちの店にもお立ち寄り下さいね」

「真辺さんのお店は月曜がお休みなんです。だから、月曜以外は真辺さんと鉢合わせしたりしませんから」

萌香と大河は同時に頭を下げた。

「ありがとうございます。また、伺います」


午後営業の支度が始まった。

万里は近頃ハマっているすり流しを作っていた。今日は新玉ネギだ。太白《たいはく》ゴマ油でじっくり炒めてから、昆布といりこの出汁で煮る。ミキサーに掛けたらスープ漉しで漉し、もう一度火に掛ける。

よく炒めた玉ネギはそれだけで甘味と旨味が濃厚だ。このすり流しはソースとして、グリルした鶏肉に掛けても美味しい。

万里は小皿にすり流しを取り、味見をした。

「美味い！　ねえ、おばちゃん、冬になったら牡蠣《かき》とか白子もやってみようよ。絶対受ける」

「良いわねえ。早く冬にならないかな」

アスパラの根本の皮を剝《む》きながら、二三は答えた。

「白子のすり流しの煮麵もあるんでしょう？　どんな味か想像がつかないわ」

二つ割りにしたピーマンにひき肉を詰めながら一子も言った。ひき肉には玉ネギのみじん切りと卵・酒・生姜《しょうが》・塩胡椒《こしょう》、そして隠し味に焼き肉のタレを混ぜてある。何も掛けなくても、そのまま食べられる味にした。

「そうだ、俺、カレーも極めようかな。モルディブ・カレー大好評だったし」

「それも良いけど、今度ワンコインでカレーうどんやらない？」

「あ、良いね。蕎麦《そば》屋のカレーと古奈屋《こなや》のカレー、どっちにする？」

軽口を叩きながら、仕込みは順調に進んでいった。

「それにしても、真辺さんとパン屋の姉弟、これからどうなるのかなあ？」

「どうにもなりませんよ。だって別れてから二十年も経ってるんだもの。近づくにせよ、遠ざかるにせよ、今の状態を変えるには時間が掛かると思うわ」

「いやあ、さすがおばちゃん、深いなあ」

万里は感心したように言った。

二三も一子と同じ意見だった。そして、別れた親と子がもう少し近くなりますようにと、祈らずにはいられない。

いつか真辺が万里の危機を知らせてくれたときのように、真辺の力で宇佐美姉弟が危機を回避することだってあるかも知れない。それを切っ掛けに一気に距離が縮まることも、なきにしもあらずだ。

「いつかあの親子が三人で、もう一度親子丼を食べられる日が来ると良いね」

二三の言葉に、一子も万里も深く共感して頷いた。

令和を迎えたはじめ食堂には、今日も美味しそうな匂いが漂い始めた。

食堂のおばちゃんのワンポイントアドバイス

皆さん、『あの日の親子丼《おやこどん》』を読んで下さってありがとうございました。「食堂のおばちゃん」シリーズも六巻目を迎えることができました。みんな読者の皆さんのおかげです。

さて、今回も小説に登場するお料理の作り方をご紹介します。ちょっと気になるひと皿があったら、是非ご自身で作って味わってみて下さい。

大丈夫。手間とお金のかかる料理はありません。このワンポイントアドバイスを参考にしていただければ、どなたでも失敗せずに作れますよ。さあ、レッツ、トライ！

①牛スジ麻婆《マーボー》

〈材　料〉４人分

牛スジ肉８００～１０００g
長ネギ２本　根《ね》生姜《しょうが》２分の１個　ニンニク２分の１個
酒・サラダ油・片栗粉　各適量
豆板醤《トウバンジャン》・甜麺醤《テンメンジャン》・中華スープの素・ゴマ油　各大匙《おおさじ》１杯

〈作り方〉

●まずたっぷりの湯で牛スジ肉を軟らかくなるまで茹《ゆ》でる。途中で２回湯を替えると、脂と臭みがしっかり取れる。茹で上がった牛スジは食べやすい大きさに切っておく。
●生姜・ニンニクはみじん切り、長ネギは粗みじんに切る。
●中華鍋にサラダ油を入れ、生姜とニンニクを炒《いた》める。香りが立ってきたら牛スジと長ネギを入れて軽く炒め、水カップ３～４杯、中華スープの素、酒を加える。
●煮たってきたら豆板醤と甜麺醤を入れて味をみる。薄かったら、豆板醤・甜麺醤・中華スープの素のどれか、または全部を加えて調整する。

●牛スジに味が付いたら、水溶き片栗粉を混ぜ入れ、最後に香り付けのゴマ油を落として完成。

〈ワンポイントアドバイス〉

☆4人に1キロでは多すぎると思われるでしょうが、牛スジは茹でている間にかなり量が減るので大丈夫です。軟らかくなるまで2時間近くかかりますが、その間は別の仕事をしていて下さいね。

☆隠し味に醤油《しょうゆ》を垂らしても美味《おい》しいですよ。

☆麻婆には白子や牡蠣《かき》も合います。冬になったらお試し下さい。

②餡《あん》かけ卵とじうどん

〈材　料〉４人分

茹でうどん４玉（乾麺は４人分）　卵４個　生姜1片
だしの素・醤油・酒・片栗粉　各適量

〈作り方〉

●乾麺の場合は予《あらかじ》め茹でておく。生姜は摺《す》りおろす。

●鍋に水１・６～１・８Ｌを入れて火に掛け、だしの素・醤油・酒を加えて煮たたせ、味加減を調整したら茹でうどんを入れる。うどんが煮えたらおろし生姜（または絞り汁）を入れ、水溶き片栗粉でとろみを付け、最後に溶き卵を流し入れてとじ、火を止める。

〈ワンポイントアドバイス〉

☆うどんの汁はめんつゆを水で薄めてもＯＫですよ。

☆生姜はお好みで。なくても良いですし、代りに柚子胡椒《ゆずこしょう》などを使っても美味しいと思います。

③春菊のナムル

〈材　料〉４人分

春菊２袋

中華スープの素・ゴマ油・煎《い》りゴマ　各適量

〈作　り　方〉

●春菊は洗って水気を切り、食べやすい大きさにカットする。

●ボウルに中華スープの素とゴマ油を入れて混ぜ、春菊を加えて和《あ》える。容器に盛り付けたら上から煎りゴマを振る。

〈ワンポイントアドバイス〉

☆茹でない春菊の美味しさにビックリ。簡単なのでひと皿追加したいときにピッタリ。サラダ感覚でたっぷり召し上がって下さい。

④高野豆腐と干椎茸《ほししいたけ》の含め煮

〈材　料〉４人分

高野豆腐（小）12枚　干椎茸（中）４枚

だしの素・砂糖・醤油・酒　各適量

〈作り方〉

●高野豆腐を湯につけて戻す。

●干椎茸をたっぷりの水で戻す。

●高野豆腐と干椎茸は食べやすい大きさに切っておく。

●干椎茸の戻し汁を鍋に入れて火に掛け、だしの素・砂糖・醤油・酒を加え、高野豆腐と椎茸を入れて煮る。

●材料に味が染みたら火を止め、ゆっくりと冷まして出来上がり。

〈ワンポイントアドバイス〉

☆干椎茸の戻し汁を活用して下さいね。

☆味付けはお好みですが、私は甘めが好きです。
☆煮汁は戻し汁とめんつゆと砂糖でもＯＫですよ。

⑤豚肉とキクラゲの卵炒め

〈材　料〉４人分

乾燥キクラゲ適量　豚コマ４００g

卵４個　長ネギ１本　生姜１片

醤油・酒・オイスターソース・中華スープの素・サラダ油　各適量

〈作　り　方〉

●キクラゲを水につけて戻す（20分くらい）。

●豚コマに醤油と酒を揉《も》み込んで下味を付ける。

●容器に醤油・酒・オイスターソース・中華スープの素を入れて混ぜ、合せ調味料を作る。

●長ネギは斜め切り、生姜はみじん切りにする。

●卵はボウルに割り、ざっくりかき混ぜておく。

●中華鍋にサラダ油を入れて熱し、卵を入れて炒め、半熟状態になったら別容器に移す。

●同じ中華鍋にサラダ油を足し、下味を付けた豚コマと長ネギ、生姜を入れて炒め、豚肉が白っぽくなったらキクラゲを入れて更に炒め、合せ調味料を掛けて味を調え、最後に半熟卵を入れて

フンワリ混ぜて出来上がり。

〈ワンポイントアドバイス〉

☆炒め物に使うなら豚コマが一番です。適当に脂身が混じっているせいか、仕上がりのバランスがとても良いのです。

☆仕上げにゴマ油をひと匙落としても美味しいです。

☆面倒だったら、最初に肉と野菜類とキクラゲを炒め、合せ調味料で味を付けた後、溶き卵を掛けて炒めてもＯＫですよ。

⑥トルコ名物：鯖《さば》サンド

〈材　料〉４人分

鯖文化干（半身）４枚　フランスパン（40～50センチ）２本
トマト（中）２個　玉ネギ・レモン　各１個

〈作　り　方〉

●文化鯖はロースターで焼く。
●玉ネギはみじん切り、トマトは賽《さい》の目、レモンは櫛形《くしがた》に切る。
●フランスパンを半分の長さにカットし、縦に切れ目を入れる。
●パンの切れ目に玉ネギ、トマト、鯖を挟んでレモンを絞る。

〈ワンポイントアドバイス〉

☆食べたことのない人には分らない美味しさ！　是非お試しを！
☆トルコでは生鯖に塩を振って焼くそうですが、文化鯖の方が断然美味しいと思います。

⑦雛《ひな》ちらし

〈材　料〉4人分

米3合　甘塩鮭《あまじおじゃけ》3尾

卵4個　根三つ葉1束

寿司酢・煎りゴマ・刻み海苔《のり》　各適量

〈作　り　方〉

●固めにご飯を炊き、寿司酢と合せて酢飯を作る。

●鮭は焼いて骨と皮を取り除き、キャラメル大にほぐす。

●根三つ葉は茹でて3センチほどの長さに切りそろえる。

●卵は、薄焼きにしてから細く切り、錦糸卵に。

●酢飯に煎りゴマとほぐした焼き鮭を混ぜ、容器に盛ったら三つ葉と錦糸卵、刻み海苔をトッピングする。

〈ワンポイントアドバイス〉

☆面倒だったら市販の「ちらし寿司の素」を使って下さい。そこに焼き鮭と錦糸卵、三つ葉をトッピングすればご馳走《ちそう》感は満点です。

☆錦糸卵が作れなかったら炒《い》り卵でＯＫですよ。

⑧白身魚の中華蒸し

〈材　料〉４人分

白身魚（鯛《たい》など）１尾または切り身４切れ

長ネギ２本　香菜《シャンツァイ》１袋　生姜１片

塩・酒・醤油・オイスターソース・中華スープの素・ゴマ油　各適量

〈作 り 方〉

●1尾の場合、ご自分で扱えないならば、魚屋さんかスーパーで内臓と鱗《うろこ》を取り除く処理をしてもらい、水で洗う。切り身もきれいに洗って臭みを取って下さい。

●長ネギは細く切って水にさらし、白髪ネギにする。香菜は食べやすい長さに切る。生姜は千切りにする。

●魚に塩と酒を振って下味を付け、皿に載せて蒸気の立つ蒸し器に入れ、強火で10~15分ほど蒸す。切り身なら7分くらい。

●蒸し上がったら蒸し器から出し、醤油とオイスターソース、中華スープの素を混ぜた調味料を掛け、野菜を飾る。

●その上から熱したゴマ油を回し掛けて出来上がり。

〈ワンポイントアドバイス〉

☆蒸すだけで手間が掛からない割りに見た目の豪華さは抜群です。おもてなし料理、パーティー料理として活用してみて下さい。

⑨ホタルイカのアヒージョ

〈材　料〉４人分

ホタルイカ適量（大パック１または小パック２）ニンニク２分の１個

パセリ・オリーブ油・塩・胡椒　各適量

〈作り方〉

●ホタルイカは目と、気になる人は軟骨やトンビ（口）も取り除く。

●ニンニクとパセリはみじん切りにする。

●鍋にニンニクとホタルイカを入れ、軽く塩・胡椒してオリーブ油をひたひたまで注ぎ、火に掛ける。油が熱くなってきたら火を止める。火の通しすぎは禁物。パセリを散らして出来上がり。

〈ワンポイントアドバイス〉

☆オリーブ油の代りにバターを使うと、「エスカルゴの香草焼き」のホタルイカ版のようになります。バゲットを添えてどうぞ。

⑩親子丼

〈材　料〉４人分

鶏《とり》モモ肉３００～４００g　卵８個　玉ネギ（大）２個
ご飯（量はお好みで）
三つ葉・だしの素・砂糖・酒・醤油　各適量

〈作り方〉

●鶏肉は食べやすい大きさに、玉ネギは薄切り、三つ葉は長さ2～3センチに切る。
●A：鍋に水・だしの素・砂糖・酒・醤油を入れ、鶏肉と玉ネギを入れて火を通す。
●B：小鍋に1人分のAを入れて火に掛け、溶き卵2個分を入れて白身が透明から白になるまで煮たら、三つ葉を散らして火を止める。
●丼《どんぶり》に白いご飯を盛り、Bを掛けて出来上がり。

〈ワンポイントアドバイス〉

☆五大丼の一つと言われている割りに食べる機会が少ない親子丼ですが、簡単で美味しくて栄養たっぷりです。ご自身でも作ってみて下さい。

☆煮汁はめんつゆを水で割って砂糖を加えただけでもＯＫですよ。

⑪春キャベツのすり流し

〈材　料〉４人分

春キャベツ１個　アサリ１kg

太白《たいはく》ゴマ油・塩　各適量

〈作　り　方〉

●キャベツはざく切りにする。

●鍋に砂抜きをしたアサリと水１・５～２Ｌを入れて火に掛け、アクを取ったら弱火で１０分ほど煮て、アサリを取り除く。

●フライパンに太白ゴマ油を入れ、キャベツを加えて軽く炒める。これはキャベツの青臭さを除くため。

●アサリ出汁《だし》に炒めたキャベツを加えて煮る。キャベツが透き通ってきたら火を止めてあら熱を取る。冷めたらミキサーに掛けて攪拌《かくはん》し、もう一度鍋に移して火に掛け、塩で味を調える。

〈ワンポイントアドバイス〉

☆ミキサーに掛けた後、スープ漉《こ》し・目の細かい金ザル・さらし布などで漉すと、なめらかさが一段と増して高級な味になります。

☆作中にも書いたように、あるワインサロンでお通しにスープが出てきて、とても食欲が増進した経験があります。

☆すり流しは日本料理の伝統技法です。材料や出汁の種類を変えることによって、四季折々、千差万別の味が楽しめます。

☆東京・三軒茶屋の和食居酒屋「鈴《すず》しろ」さんも、最初の一品はすり流しです。このレシピは「鈴しろ」さんから拝借いたしました。(移転のため、一時閉店)

☆皆さんも、興味があったら一度、すり流しに挑戦してみて下さい。

本書の第一話から第四話は「ランティエ」二〇一九年三月号〜六月号に、連載されました。第五話は書き下ろし作品です。

Haruki Bunko
ハルキ文庫

や 11-8

あの日《ひ》の親子丼《おやこどん》 食堂《しょくどう》のおばちゃん❻

著者 山口恵以子《やまぐちえいこ》

2019年7月18日第一刷発行
2021年7月8日第四刷発行

発行者 角川春樹

発行所 株式会社角川春樹事務所
〒102-0074 東京都千代田区九段南2-1-30 イタリア文化会館

電話 03(3263)5247(編集)
03(3263)5881(営業)

印刷・製本 中央精版印刷株式会社

フォーマット・デザイン 芦澤泰偉
表紙イラストレーション 門坂 流

ISBN978-4-7584-4278-7 C0193 ©2019 Eiko Yamaguchi Printed in Japan
http://www.kadokawaharuki.co.jp/[営業]
fanmail@kadokawaharuki.co.jp[編集] ご意見・ご感想をお寄せください。

JASRAC 出 1905732-104

山口恵以子の本

食堂のおばちゃん

焼き魚、チキン南蛮、トンカツ、コロッケ、おでん、オムライス、ポテトサラダ、中華風冷や奴……。佃にある「はじめ食堂」は、昼は定食屋、夜は居酒屋を兼ねており、姑の一子《いちこ》と嫁の二三《ふみ》が、仲良く店を切り盛りしている。心と身体と財布に優しい「はじめ食堂」でお腹一杯になれば、明日の元気がわいてくる。テレビ・雑誌などの各メディアで話題となり、続々重版した、元・食堂のおばちゃんが描く、人情食堂小説（著者によるレシピ付き）。

ハルキ文庫

山口恵以子の本

恋するハンバーグ
食堂のおばちゃん2

トンカツ、ナポリタン、ハンバーグ、オムライス、クラムチャウダー……帝都ホテルのメインレストランで副料理長をしていた孝蔵は、愛妻一子と実家のある佃で小さな洋食屋をオープンさせた。理由あって無銭飲食した若者に親切にしたり、お客が店内で倒れたり——といろいろな事件がありながらも、「美味しい」と評判の「はじめ食堂」は、今日も大にぎわい。ロングセラー『食堂のおばちゃん』の、こころ温まる昭和の洋食屋物語。巻末に著者のレシピ付き。（文庫化に際してサブタイトルを変更しました）